AF745837

www.ingramcontent.com/pod-product-compliance
Lightning Source LLC
LaVergne TN
LVHW050753051026
849532LV00008B/2860
* 9 7 8 9 3 6 9 0 8 7 5 9 4 *

نا آشنا

(افسانے)

فریدہ زین

© Farida Zain
Naa-Aashna *(Short Stories)*
by: Farida Zain
Edition: November '2025
Publisher :
Taemeer Publications LLC (Michigan, USA / Hyderabad, India)

ISBN 978-93-6908-759-4

کتاب	:	**ناآشنا** (افسانے)
مصنفہ	:	**فریدہ زین**
صنف	:	فکشن
ناشر	:	تعمیر پبلی کیشنز (حیدرآباد، انڈیا)
سالِ اشاعت	:	۲۰۲۵ء
صفحات	:	۸۶
سرورق ڈیزائن	:	تعمیر ویب ڈیزائن

فہرست

(۱)	نقش فریادی	6
(۲)	دھماکہ	12
(۳)	چاند پھر نکلا	18
(۴)	دستِ حنا	21
(۵)	ٹکراؤ	42
(۶)	کرچیاں	47
(۷)	ویراں ہے میکدہ	52
(۸)	پرواز	65
(۹)	نا آشنا	74

نقشِ فریادی

کامپلکس کی گیٹ پر بھیڑ لگی تھی۔ میں آٹو سے اتر کر قریب پہنچا۔ ایک ڈرائیور اور چوکیدار کے درمیان سخت کلامی کے ساتھ ساتھ ہاتھا پائی بھی ہو رہی تھی۔ لوگ محو تماشہ تھے۔ میں نے غور سے نظر ڈالی تو چوکیدار کی عمر ساٹھ ستر کے لگ بھگ تھی۔ کمر خمیدہ آنکھوں پر چشمہ چہرے پر جھریاں نحیف و ناتواں اس کے برعکس ڈرائیور نوجوان تنومند اور طاقتور۔ بھلا کیا مناسبت تھی جھگڑے کے لیے۔

جب میں نے دیکھا کہ چوکیدار منھ کے بل گر پڑا ہے تو مجھ سے رہا نہ گیا۔ میں اس کے قریب پہنچا اور سہارا دے کر اسے اٹھایا۔

"تمہیں خیال آنا چاہیے ایک ضعیف آدمی پر ہاتھ اٹھاتے ہوئے" میں نے مداخلت کی۔

"اے صاحب — اپنا راستہ لو خواہ مخواہ بیچ میں آنے کی کوشش نہ کرنا۔" وہ فخریہ انداز میں سینہ تانے آگے نکل گیا۔ میری اس پہل پر لوگوں میں کچھ ہل چل مچی۔ اور سبھی نے ڈرائیور کو برا بھلا کہنا شروع کیا۔

میں نے پانی منگوا کر اس کا منھ دھلوایا۔

"اس عمر میں تمہیں نوکری کی کیا ضرورت تھی ـــــ" میں نے ازراہِ ہمدردی اس سے سوال کیا۔ وہ چپ رہا

"لوگوں سے خواہ مخواہ بحث بھی نہیں کرنی چاہیے۔ تم نے اپنی عمر کا لحاظ تو رکھ لیا ہوتا۔" وہ پھر بھی چپ رہا۔

"شاید تم نے صبح سے کھانا نہیں کھایا ـــــ" اس نے نفی میں سر ہلایا۔

"آؤ ہوٹل چلیں ـــــ" اس نے سہمی ہوئی نظروں سے کامپلکس کی جانب دیکھا۔

"ارے ـــــ اس کی فکر مت کرو۔ میں بتا دوں گا ان لوگوں کو تمہیں چوٹ لگی تھی۔ اور تم ہسپتال گئے ہو"۔ اس کے چہرے پر ہلکا سا تبسم ابھرا وہ اٹھ کھڑا ہوا۔ ہم دونوں مل کر ہوٹل پہنچے۔

"کیا کھاؤ گے ـــــ؟" میرے اس سوال پر وہ گردن جھکا کر بیٹھ گیا۔ میں نے پوری اور ساگ کا آرڈر دے دیا۔

"کتنے سال سے نوکری کرتے ہو ـــــ؟" اس نے اشارے سے دو انگلیاں بتائیں۔

"دو سال سے ـــــ" اس نے سر ہلایا۔

ایک ہلکی سی آہ اس کے لبوں سے نکلی۔

"کیا پیر میں تکلیف ہے ـــــ؟" اس نے پھر گردن ہلا دی۔

"کیا ہوا ـــــ؟ میرے اس سوال پر اس نے اپنا پتلون اٹھا کر دکھایا۔ گھٹنے کے پاس زخم کا نشان تھا اور سوجن بھی آ گئی تھی

"اوہ ـــــ دوا نہیں لی" اس نے نفی میں سر ہلایا۔

"کما سکتے ہو تو خود کے لیے خرچ نہیں کر سکتے۔
وہ چپ رہا ـــــ اتنے میں ویٹر نے ہمارے آگے پوری اور بھاگ رکھ دیا۔
لو کھاؤ" میں نے پلیٹ اس کے آگے بڑھائی۔
وہ کھاتا رہا ـــــ اور میں اس کے چہرے کے کرب کو پڑھنے کی کوشش کرتا رہا۔ وہ کھانے میں کچھ اس قدر مصروف تھا کہ ایک بار بھی اس نے میری طرف نظر نہیں اٹھائی۔ کھانا ختم ہونے کے بعد اس نے ویٹر کی طرف دیکھا میں سمجھ گیا۔ چائے کا آرڈر دے کر میں نے پھر اس سے پوچھا
"کتنی تنخواہ ملتی ہے ـــــ؟" اس نے اپنی جیب سے ایک میلی سی دستی نکالی اور منھ صاف کرتے ہوئے اشارے سے تین انگلیاں بتائیں۔
"تین سو روپیے ـــــ!" اس نے گردن ہلا دی۔
"کتنے لوگ ہیں گھر میں ـــــ!" میں نے پھر ایک سوال کیا ـــ اس نے خالی خالی نظروں سے مجھے دیکھا۔ میں نے اپنا سوال دہرایا۔ اس نے انکار میں گردن ہلا دی۔
"تم اکیلے ہو ـــــ اس سوال پر اس کی گردن جھک گئی۔
اس اثنا میں اس نے میری کلائی پر بندھی گھڑی دیکھی اور اٹھ کھڑا ہوا ـــــ
"شاید تمہیں دیر ہو رہی ہے اچھا چلو چلتے ہیں۔ میں نے کاؤنٹر پر بل ادا کیا اور ہوٹل سے باہر نکل گیا تبھی وہ میرے قدموں سے لپٹ گیا۔
"ارے رے........ یہ کیا کرتے ہو۔ میں پیچھے ہٹ گیا۔
اس کی گرفت میرے پیروں پر مضبوط ہو گئی میں نے سہارا دے کر اسے اٹھایا۔ اس نے میرے آگے دونوں ہاتھ جوڑ دیے ـ اور تشکرانہ انداز میں مجھے دیکھنے لگا۔

"بابا —— انسان ہی تو انسان کے کام آتا ہے۔ میں نے اس کا شانہ تھپتھپاتے ہوئے کہا۔ اس کی آنکھوں میں آنسوؤں کا سمندر ٹھاٹھیں مار رہا تھا۔

"آنسو انمول ہوتے ہیں انہیں اس طرح ضائع نہ کرو" وہ بچ بچ چھلک پڑا یوں محسوس ہوا جیسے کوئی معصوم بچہ اپنے کھلونے کو دوسرے کے ہاتھ میں دے کر بلک اٹھتا ہے۔

"آخر کیوں رو رہے ہو تم ——" میں نے اسے سہارا دے کر دوکان کے چبوترے پر بٹھا دیا —— وہ روتا رہا۔

"کچھ تو بتاؤ پچھلے ایک گھنٹے سے میں تمہارے ساتھ ہوں مگر تم نے اپنے منھ سے ایک لفظ بھی نہیں کہا —— آخر بات کیا ہے —— کیا تم گونگے ہو —— ؟

"نہیں نہیں —— وہ چیخ اٹھا۔ اس کے جھریوں بھرے گالوں پر آنسوؤں کا آبشار بہہ نکلا۔ میں گھبرا گیا۔

کہو بابا —— کیا بات ہے —— ؟ بتاؤ مجھے شاید تمہاری کوئی مدد کر سکوں۔ چلو میں تمہیں تمہارے گھر چھوڑ دیتا ہوں تمہیں آرام کی ضرورت ہے۔ میں نے اس کا بازو تھاما۔ آٹو رکشا کو آواز دی اسے سنبھال کر آٹو میں بٹھایا۔ کچھ دیر بعد اس کا مکان آگیا۔ سفالی مکان جس پر بوسیدہ پردہ لٹک رہا تھا۔ میں نے سہارا دے کر اسے اتارا وہ لنگڑاتا ہوا اندر داخل ہوا۔ تبھی ایک دھماکے کی طرح کسی کی آواز آئی۔

"کیوں آج نوکری پر نہیں گئے —— ؟"

"صبح کھانا تیار نہیں تھا نا! بھوکے کیسے جاتے بیٹے جارہے ——

کسی خاتون کی آواز آئی ۔ ان آوازوں کو سن کر میں بستے آٹو رکشا کو رکنے کا حکم دیا ۔

"یہ پیر کو کیا ہو گیا ــــــ" کسی مرد کی آواز آئی ۔

"لو اور دیکھو ــــ سونے پر سہاگہ پہلے ہی پریشانیاں کچھ کم نہیں اس پر ......" یہ خاتون کی گریہ وزاری تھی ۔

"کیا ہو گیا ــــ کہاں گر گئے ــــ کس سے جھگڑا کیا ہزار بار کہا کہ عمر ہو گئی ہے بس نوکری کو جاؤ اور گھر آؤ ــــ مگر سمجھ میں نہیں آتا جانے کہاں کہاں گھومتے پھرتے ہو ۔" نوجوان کا لہجہ تیز تھا ۔

"اونہہ ــــ ایک اور آفت گلے پڑ گئی ۔ مفلسی میں آٹا گیلا اب کرتے رہو اپنے باپ کا علاج ــــ" خاتون کی بے زار سی آواز آئی ۔

"م......میں.....میں........" بوڑھے کی کمزور آواز سنائی دی ۔

"میں تو تنگ آ گیا بابا تم سے ۔ اب گھر میں رہو گے تو تنخواہ الگ کٹ جائے گی ۔ کمانے والے دو ہاتھ اور کھانے والے دس ــــ" یہ اسی نوجوان کی آواز تھی ۔

"ٹھیک ہے میں نوکری کو جاتا ہوں ــــ" بوڑھے نے جواب میں کہا ۔

"جاؤ ــــ بے کار گھر میں کیا کرو گے ہو سکے تو کچھ اڈوانس لے کر دوائی لے لو ۔ ہاتھ پیر ساتھ نہ دیں گے تو کماؤ گے کیسے ۔

ٹاٹ کا پردہ ہلا ۔ بوڑھا لنگڑاتا ہوا باہر نکلا ابھی کی اور میری

نظریں ملیں۔

"بیٹا مجھے کامپلکس تک چھوڑ دو ——" اس نے التجا کی۔ میں نے اسے سہارا دے کر بٹھالیا۔ آٹو چل پڑا۔

"مگر بابا —— تم کو تو آرام چاہیے۔" میں نے اس کے چہرے کا بغور جائزہ لیا۔ جہاں زمانے کی تم ظریفیاں کھلے انداز میں جلوہ گر تھیں۔ اس نے ایک ٹھنڈی سانس بھری۔

"بیٹا —— شاید تمہیں یہ نہیں معلوم کہ ریس کا گھوڑا ابھی جب لنگڑا ہو جاتا ہے تو اسے گولی ماردی جاتی ہے چاہے وہ کتنے ہی لاکھ کا کیوں نہ ہو —— میں گولی نہیں کھانا چاہتا ——"

کامپلکس آیا کا کھلاڑی لنگڑاتا ہوا اتر گیا۔ اس کے چہرے کا ہر نقش فریادی تھا۔ اور میں یہی سوچ رہا تھا نہ جانے ہر گلی ہر گھر میں ایسے کتنے نقش ہیں جو وقت کی گرد سے دھندلا کر فریاد کر رہے ہیں۔ کاش کوئی ان کی فریاد سن سکتا —— کاش۔

دھماکہ

لیلائے شب نے اپنا دامن پھیلا دیا تھا۔ تاروں کا بن جگمگانے لگا۔
جنگل کی پُراسرار خاموشی میں جھینگروں کی صدائیں ارتعاش پیدا کر رہی تھیں۔ سیاہ ناگ کی طرح بل کھاتی ہوئی ٹرین پوری تیز رفتاری کے ساتھ خرام سفر تھی۔ وہ تیسرے درجے کے کمپارٹمنٹ میں ننھے آشو کو لیے بیٹھی تھی۔ جس رفتار سے ٹرین چل رہی تھی اُسی رفتار سے اس کے دماغ میں بیتی باتوں کی فلم چل رہی تھی۔

"شالو ـــــ میں تمہیں زندگی کا وہ سکھ نہ دے سکا جسے جنت کہتے ہیں۔"
ملک نے ایک بار اس سے کہا تھا۔

"یہ تمہاری پھیلی ہوئی بانہیں، تمہاری آنکھوں میں چمکتے محبت کے جگنو، تمہارے لبوں سے نکلتے شہد میں ڈوبے الفاظ، تمہارے سینے میں دھڑکتا دل میرا سنگھاسن ہے یہی سب تو میری جنت ہے۔"

"تخیل کی پرواز پر زندگی کا دارومدار نہیں ہوتا شالو۔ ضروریات زندگی عین حقیقت ہیں"

"میرا خواب بھی تم ہو اور حقیقت بھی۔ اب رہی ضرورت وہ تمہاری کیا ہے میری نہیں۔ میں نے تو فیصلہ کرلیا ہے"! ایک عزم کامل کے ساتھ وہ آگے بڑھ گئی۔

نظریات کے اس اختلاف کے باوجود محبت جیت گئی۔ وہ سب کچھ چھوڑ کر چلی آئی اپنے ملک کے پاس۔ ملک شہلا کی ضد کے آگے بے بس تھا اور خود اپنی چاہت سے مجبور بھی۔ انگریزی میں ایم اے کرنے کے باوجود کوئی اچھی نوکری نہ ملی گورنمنٹ کالج میں رشوت کا زور تھا اور خانگی ادارے سفارشات کے بل پر چلتے تھے۔ حالاں کہ وہ کیٹس یا ورڈس ورتھ کی نظمیں سمجھاتا۔ یا شکسپیئر کے ڈرامے۔ تو سارا ماحول طلسمی بن جاتا زبان اتنی شستہ اور روان جیسے بہتی گنگا کا دھارا۔ ایک ماہ کی مغز پاشی کے بعد صرف بارہ سو روپیے اس کی ہتھیلی پر ہوتے جو ضروریاتِ زندگی کے لیے کسی صورت بھی کافی نہ ہوتے۔

"تب وہ شہلا کو احساس دلاتا۔" دیکھ لیا نا خواب اور حقیقت میں کتنا فرق ہے"۔

"اتنا ہی جتنا تمہیں محسوس کرنے اور پانے میں ہے۔" وہ ایک ادائے ناز سے کہتی۔

"شالو ____ اس ایک سال میں تمہیں میں نے کیا دیا۔ مصیبتیں، مایوسیاں محرومیاں، ____ نہ خوش پوش رکھ سکا نہ پر نور کر سکا۔ مجھے کچھ کرنا ہے۔ کچھ کرنا ہے ____ ورنہ۔ ورنہ میں اپنی اس ڈگری کو جلا کر راکھ کر دوں گا۔"

"تم بہت بے صبر ہو گئے ہو ملک۔ انتظار کا ثمر بہت میٹھا ہوتا ہے۔"

"مجھے ڈر ہے شالو۔ میری یہ جھلاہٹ کسی دکھ کے کا باعث نہ بن جائے۔"

"نہیں ایسا نہ کہو ____ میں جو تمہاری ہم قدم ہوں" ____ شالو کے اس جواب پر وہ چپ ہو جاتا۔

سلسلہ شب و روز جاری رہا۔ نہ حالات بدلے نہ زندگی کے نشیب میں کوئی فراز آسکا۔ نہ مایوسی کو آس ملی، نہ خواب کو تعبیر۔ اتنا ضرور ہوا کہ وہ دو سے تین ہو گئے۔ ننھا آشو آگیا ان کے بیچ محور کی طرح۔ ملک کی جھنجھلاہٹ میں اب کچھ بغاوت بھی شامل

ہوگئی تھی۔ اور اس دن تو وہ سچ مچ پاگل ہو گیا جب آشو بروقت طبی امداد نہ ملنے پر پولیو کا شکار ہو گیا۔

کتنی منت سماجت کی تھی اس نے ہسپتال میں صبح سے شام تک وہ جنرل وارڈ میں پڑا ہر ڈاکٹر اور نرس کی طرف ملتجی نگاہوں سے دیکھتا رہا۔ اس کے برعکس دوسرے وارڈ میں ایک بچی کو گھیرے میں لیے کئی کئی ڈاکٹرس اور نرسیس جمع تھیں۔ یہ کسی امیر آدمی کی اکلوتی اولاد تھی۔

شام ہونے ہونے تک بچی سنبھل گئی مگر آشو تیز بخار میں پھنکتا رہا۔ شاید رات کا پچھلا پہر تھا۔ دو نوجوان منفلر سے چہرہ ڈھانپے ڈیوٹی ڈاکٹرس کے روم میں گئے چاقو کی نوک پر اُسے اٹھایا اور کار میں بٹھا کر فرار ہو گئے۔ وہ پھٹی پھٹی نگاہوں سے دیکھتا رہا۔ ڈاکٹر کو جب واپس لا کر چھوڑ دیا گیا تو لوگوں نے سوالات کی بوچھار کر دی۔ وہ بمشکل سے ہواس درست کر کے صرف اتنا بتا سکا کہ اسے لے جانے والے دہشت پسند تھے

ملک کو جیسے کسی بچھو نے ڈنک مارا۔۔۔۔۔ ''تو گویا پیسہ یا طاقت دو ہی چیزیں انسان کی یار و مددگار ہیں کیا۔۔۔۔۔۔ کیا مجھ میں طاقت نہیں'' اس نے اپنی مٹھیاں کس لیں۔ اس کی آنکھوں میں طوفان اتر آیا۔ چہرے کی ساری رگیں تن گئیں وہ پوری قوت سے ڈاکٹر پر جھپٹ پڑا اور گھونسوں کی بارش شروع کر دی۔ ہسپتال میں کھلبلی مچ گئی۔ تیمار دار مائیں اپنے بچوں کو سینے سے لپٹائے وارڈ کے باہر نکل گئیں۔ گلوکوس کی بوتلیں ٹوٹنے لگیں۔ وہ جیسے نیم پاگل سا ہو گیا تھا۔ اسی اثنا پولیس آئی۔ جوانوں نے اسے پکڑ لیا اور پھر وہ پولیس تحویل میں تھا۔

آٹھ دن بعد جب وہ ضمانت پر رہا ہو کر گھر پہنچا تو آشو ہمک کر اس کی گود میں جانے کی کوشش میں صرف کھسک کر رہ گیا۔ اٹھنا چاہا تو گر پڑا۔ ملک پہلی بار تلملا کر رو پڑا۔

"شالو ـــــ میرا گناہ کیا تھا ـــــ ؟

"اسے مقدر سمجھو ملک ـــــ"

"نہیں ـــــ وہ چیخ اٹھا۔ "مقدر ـــــ قسمت یہ ۔۔۔۔ یہ سب تو ہمارے ہاتھ میں ہے۔ میں بتاتا ہوں تمہیں یہ کیسے بدلتے ہیں ـــــ" اور وہ کسی طوفان کی طرح باہر نکل گیا۔ چار دن بعد جب گھر لوٹا تو اس کا چہرہ ہر جذبے سے عاری تھا انداز میں طوفان کا سا لاابالی پن اور آواز میں ایسی کرختگی کہ گرجتے بادل بھی سہم جائیں۔

"تم بدل گئے ہو یا میری آنکھیں دھوکہ کھا رہی ہیں۔" شہلا نے اس کے سراپے کا جائزہ لیتے ہوئے کہا۔

"نہ تم نہ ـــــ نہ میں ـــــ وقت بدل گیا ہے شالو ـــــ "لو یہ کچھ سامان ہے تمہاری ضرورت کے لیے۔" اس نے ایک بیگ شہلا کی طرف کر دیا۔

"اتنی آسانی سے ضرورت کیسے پوری ہو گئی ملک۔ کیا کوئی خزانہ ہاتھ لگ گیا یا پھر ـــــ ؟" اس نے معنی خیز نظروں سے اُسے دیکھا۔

"جو چیز آسانی سے نہ ملے اسے زبردستی حاصل کیا جاتا ہے اس سماج کو جنگل کا قانون چاہیے۔ طاقت اور تشدد ہی اس دور کے ہتھیار ہیں۔"

"غلط۔ تشدد درندگی کی ایک صفت ہے۔ تم ایک اچھے انسان ہو ملک ـــ یہ حیوانگی کا لباس تمہیں کہاں سے مل گیا۔ اپنا ہی گھر جلاؤ گے تو پناہ کہاں پاؤ گے ـــ"

"جس گھر کی چھت کمزور ہو جائے اس کا گرا دینا ہی بہتر ہے۔ میں جو کچھ بھی کر رہا ہوں تمہارے لیے اور آشو کے لیے ـــــ"، ملک نے اپنا خالی بیگ کاندھے پر لٹکاتے ہوئے کہا۔

"خون کی سرخی کو مانگ کا سیندور بنانا چاہتے ہو۔ بہتا پانی سمیٹنا چاہتے ہو۔ خالی سیپ میں موتی کی تلاش محض خیال خام ہے۔" ملک کچھ سنے بغیر دروازے

تک پہنچ گیا۔

"ملک ـــــ سنو جو راستہ تم نے اپنایا ہے اس کا انجام کیا ہو سکتا ہے۔ کبھی یہ سوچا تم نے ـــــ"، شہلا نے راستہ روک دیا۔

"شالو ـــــ انجام وہ دیکھتے ہیں جو بے بس ہیں ـــــ میں ـــــ میں اب اتنا مجبور نہیں میں نے یہ لفظ اپنے ذہن کی ڈکشنری سے نکال کر پھینک دیا ہے۔" اتنا کہہ کر وہ باہر نکل گیا۔

ایک عجیب سا تناؤ اور کھنچاؤ آگیا تھا دونوں میں ایک ایسی خلیج جو پاٹی نہیں جا سکتی تھی۔ شہلا اداس تھی اور ملک بے نیاز۔ چاہت کا پھلتا پھولتا درخت سوکھنے لگا۔ محبت کے گلاب مرجھا گئے ہر شاخ خاردار بن گئی۔

ٹرین اپنی پوری رفتار سے بھاگ رہی تھی اور وہ آشو کو گود میں لیے بڑے اطمینان کے ساتھ بیٹھی تھی۔ تبھی اچانک ایک زبردست دھماکہ ہوا جیسے زلزلہ آگیا ہو۔ ٹرین کی بوگیاں ہوا میں اڑ گئیں۔ انسانی اعضا چاروں طرف بکھر گئے جا بجا خون کی سرخی پھیل گئی۔

سب کو علم ہو گیا کہ یہ دہشت پسندوں کی کارروائی تھی۔ بربریت، ظلم، تشدد، جبر طاقت، وحشیانہ پن ـــــ شاید انسانی ارتقا کی یہی آخری سیڑھی ہے جہاں صرف اور صرف آدمیت کا خون بہتا رہتا ہے اور انسانیت دور کھڑی بے بس تماشائی کی طرح زندگی اور موت کے رشتوں کو دیکھتی رہ جاتی ہے۔

تحقیقات، قانونی کارروائی، پوسٹ مارٹم، ایکس گریشا ـــــ اور بس داستاں مکمل ہو جاتی ہے۔

ملک بڑے اطمینان کے ساتھ گھر لوٹا تو پڑوس کے ایک لڑکے نے اس کے ہاتھ میں خط تھما دیا۔

"ملک۔ کتنی معمولی سی بات ہے تمہارے لیے ـــــ جو سوچا سو کیا۔ دھماکہ ہو گیا۔ جیسے دیوالی میں پٹاخے چھوٹ گئے ہوں مگر اب ایک ایسے دھماکے کے لیے تیار ہو جاؤ شاید جس کا تمہیں گمان نہ ہو۔ میں تمہارا پلان جانتی تھی۔ تم لوگوں نے انتقامی کاروائی کا جو منصوبہ بنایا ـــــ یہ نہ سوچا کہ یہ انتقام کسی ایک کے ساتھ نہیں اپنے آپ سے بھی ہو سکتا ہے میں جان بوجھ کر اس ٹرین میں بیٹھ گئی ـــــ تم ہمارے لیے یہ سب کچھ کر رہے ہونا ـــــ لو! آج ہم تمہیں اس سے نجات دے چکے۔ ہو سکے تو بکھرے ہوئے جسم کی ان دھجیوں میں مجھے اور آشو کو تلاش کر لو ـــــ"

خط ملک کے ہاتھ سے چھوٹ گیا اس نے محسوس کیا اس کے ذہن و دل میں زبردست دھماکہ ہوا جس نے اس کے وجود کے ٹکڑے ٹکڑے کر ڈالے اس کے قدم پولیس اسٹیشن کی طرف بڑھ گئے۔ اور وہ سوچنے لگا مجرم کون ہے ـــــ ؟

چاند پھر نکلا......

آؤ چاند دیکھیں ـــــ اس کی بہنوں نے اس کا ہاتھ پکڑ کر کھینچا

"نا بابا ـــــ میں نہیں آؤں گی چھت پر" وہ ادائے بے نیازی سے سیڑھیوں پر ہی بیٹھ گئی۔

"تجھے چلنا ہی ہوگا بڑا بنو ـــــ" سب نے ہلہ بول دیا۔ وہ لاچار ہو گئی

شانوں پر سے آہستہ دوپٹے کو سر پر ڈال لیا اور چھت پر پہنچ گئی۔ سب کی نگاہیں فلک پر چاند کی تلاش میں تھیں وہ چاند کی رونمائی سے بے نیاز ہو کے منڈیر پر دونوں کہنیاں لگائے پرندوں کے قافلے کو دیکھ رہی تھی جو اپنے آشیاں کی طرف رواں تھے۔

اچانک اس کی نگاہ سامنے والی بالکونی پر پڑی۔ وہ گھبرا کر پلٹ گئی۔ دو عمیق نگاہیں اس کا بھرپور جائزہ لے رہی تھیں جیسے فلک کے بجائے زمین پر چاند کی تلاش ہو۔

تبھی شور اٹھا "چاند نظر آگیا ـــــ وہ ـــــ وہ دیکھو انگلی کی سیدھ میں۔ ہاں ـــــ ہاں۔ اس مینار کے اوپر ـــــ" پھر چند لمحے جیسے ساکت ہو گئے۔ چاند مبارک کی بازگشت سنائی دینے لگی سب گلے مل رہے

تھے۔ اسے بھی کسی نے کھینچ کر گلے لگا لیا۔ نہ چاہتے ہوئے بھی اس کی نگاہ پھر وہیں پہنچی وہی مسکراتا چہرہ اور وہی عمیق نگاہیں۔ وہ سٹ پٹا کر سیڑھیوں کی طرف بھاگی گویا نظروں کا تعاقب اسے بدحواس کئے دے رہا تھا۔

چند ماہ گزرے ——— گھر میں ڈھولک کی تھاپ گونجی۔ سرخ گھونگھٹ اپنی تقدیر پر نازاں ہوا۔ اور پھولوں کی شادابی بڑھ گئی۔ مبارک سلامت کے شور میں وہ بابل کے گھر سے پیا کے گھر تک پہنچی۔

وہ حسین و تابناک رات جب کسی نے اس کا گھونگھٹ اٹھایا اور کہا "آج ہلال بدرِ کامل بن گیا۔ میرے دل میں چاندنی اتر آئی خدارا۔ اپنی نگاہوں کی آب و تاب سے میری تمناؤں کو جگمگا دو ———" اس التجا نے اسے آنکھیں کھولنے پر مجبور کیا۔

وہ حیران رہ گئی ——— وہی مسکراتا چہرہ اور وہی عمیق نظریں — اس کے سارے جسم میں سنسنی سے دوڑ گئی۔ فلک کا چاند مسکرا رہا تھا۔

جانے کیوں ——— چاند اس کی زندگی میں بڑی اہمیت کا حامل بن گیا۔ ہر ماہ کی پہلی تاریخ کو چاند دیکھنے کے بعد اس کی صورت دیکھنا گویا سارے گھر والوں کا فریضہ بن گیا تھا۔

"بہو کو دیکھ لیا ——— اب خیر سے گزرے گا یہ مہینہ"——— ساس کہتیں۔

"بھابھی کی صورت دیکھ لی نا! اب تو ہر جگہ کامیابی ملے گی مجھے۔" نند اٹھلا کر کہتی۔

"میرا چاند تو ہر شب میرے دل کے آنگن میں چاندنی بکھیرتا ہے فلک کے اس چاند سے میرا کیا ناطہ۔" اس کا ساجن دونوں ہاتھوں میں اس کا

چہرہ اٹھا کر کہتا۔
خوشیاں ہی خوشیاں بکھری پڑی تھیں۔ دن عید اور رات برات تھی۔ گویا اس کا گھر جنت بن گیا۔
چند سال گزرے —— رمضان کی ۲۹ تاریخ آئی۔ گھر کی چھت پر سروں کا سیلاب چڑھ آیا۔ سبھی کی نگاہیں فلک پر مرکوز ہو گئیں۔
"چاند نظر آ گیا" کا شور اٹھا۔ نقرئی قہقہے فضاؤں میں جلترنگ بجانے لگے۔ مہندی تیار ہونے لگی۔ دوپٹوں کے گوٹے ٹکنے لگے۔ کلائیوں کے نیچے چوڑیاں کھنکنے لگیں۔
"ارے —— بھابھی۔ آپ نے چاند نہیں دیکھا۔" نند نے سوال کیا —— اس نے نگاہیں اوپر اٹھا دیں۔
"آئیے میرے ساتھ" وہ اُسے گھسیٹ کر چھت پر لے گئی۔
"وہ دیکھئے میری انگلی کی سیدھ میں باریک سا خوب صورت چاند ——"
اس نے فلک پر دیکھا —— وہاں شاید سب کو چاند نظر آ گیا مگر اس نے دیکھا یہ تو اس کی ٹوٹی ہوئی چوڑی ہے جو آسمان کی چھت پر ٹانک دی گئی۔
دفعتاً اس نے اپنی سونی کلائیوں پر نظر دوڑائی اور چاند کو دیکھنے اداس چہرے پر سوگوار مسکراہٹ ابھر آئی۔ آنکھوں کے کنارے پر دو موتی چمکے ہوا کے جھونکے نے دل کی سرد آہ بھی شامل ہو گئی۔
دور کہیں ریڈیو پر گیت بج رہا تھا ——
"چاند پھر نکلا —— مگر تم نہ آئے"

دستِ حنا

"شمو باجی ...... شمو باجی ...... دیکھئے تو رما کی برات آئی ہے۔ چلئے نا۔! ہم بھی دیکھیں گے۔" نگار کمرے میں داخل ہوتے ہوئے کہہ رہی تھی۔

وہ جنگل کی طرف کھلنے والی کھڑکی کی طرف منہ کیے کھڑی تھی۔ سُرخ دوپٹہ شانوں پر لہرا رہا تھا۔ ناگن کی طرح بل کھاتی ہوئی لانبی سی چوٹی پشت کے حسن کو دوبالا کر رہی تھی۔ نگار کی آواز پر اس نے مڑ کر دیکھا۔ ایسے محسوس ہوا جیسے قوسِ قزح کے سارے رنگ یکجا ہو گئے ہوں۔

"ارے چلو بھی ...... " نگار اسے گھسیٹنے لگی۔

"آتی ہوں بابا .... ذرا سنبھلنے تو دو" اس نے الجھی لٹ درست کرتے ہوئے کہا ......!

"کیسے بتاؤ گی سنور کر، چلو نا جلدی!" نگار نے نادانی سے کہا۔ وہ عجلت میں تھی۔

"کیسے بتاؤ گی ــــــ؟" جملہ دُہراتے دہراتے جیسے کھو سی گئی۔

"کیا ہوا ــــــــ؟ کیا سوچ رہی ہو" نگار نے اسے جھنجھوڑا۔

"اوں ــــــ کچھ نہیں چلو چلیں۔" وہ پیر میں چپل ڈالے باہر نکل گئی۔

دونوں پھاٹک کی طرف نکلے۔ کپاونڈ کی دیوار کے سہارے کھڑے ہو کر رسما کی برات دیکھنے لگیں۔ برقی قمقمے جگمگا رہے تھے۔ بینڈ بج رہا تھا۔ دلہا پھولوں سے سجی گاڑی سے اترا۔ اس کے چہرے پر سہرے کی لڑیاں تھیں۔ نگار اچھل اچھل کر یہ تماشہ دیکھ رہی تھی۔ اور شمع تو بس شمعِ خاموش بنی کھڑی تھی۔ اس کی نظروں میں آج سے تین سال پہلے کا دور گھومنے لگا۔ اسے یاد آیا کہ وہ بھی دلہن بنی تھی۔ اس کے ہاتھوں میں بھی مہندی کے گل بوٹے سجائے گئے تھے۔ گہنوں نے اسے سنوارا، سرخ کپڑوں نے اسے شعلوں کی طرح دہکا دیا بس کسی نے ہاتھ لگایا اور جل گیا۔! اس کی سہیلیاں اسے چھیڑ رہی تھیں وہ مسکراتی رہی جیسے پھلجھڑیاں چھوٹ رہی ہوں۔ دفعتاً ایک زلزلہ آگیا۔ دلہا مسند سے اُٹھ گیا۔ سہرے کے پھول تڑپ کر رہ گئے۔ سرخ کپڑے تلملا گئے۔ اور دستِ حنا مرجھا گیا۔ ریاض نے عین نکاح کے وقت اس لیے انکار کر دیا کہ اسے اسکوٹر نہیں دی گئی جبکہ وہ کار کا آرزومند تھا۔ شمع کے بابا نے منت سماجت کی، اپنا دامن پھیلایا لیکن اندھے گاہکوں نے اس ہیرے کو خریدنے سے انکار کر دیا۔ شمع دلہن تو بنی مگر سہاگن نہ بن سکی۔ بینڈ والوں نے بہت ہی پردرد گیت چھیڑا۔

بابل کی دعائیں لیتی جا، جا تجھکو سکھی سنسار ملے
میکے کی کبھی نہ یاد آئے سسرال میں اتنا پیار ملے

وہ اپنے خواب سے چونک گئی۔ اس کی نظر اپنے ہاتھوں کی طرف اٹھی جن کی گلابی رنگت حنا کو بھی شرما رہی تھی۔ خوب صورت ہتھیلیوں پر اُبھرا اُبھرا سا گوشت، لانبی مخروطی انگلیاں، کیا ان پر کبھی رنگِ حنا چڑھے گا۔؟ اس کے دماغ نے سرگوشی کی۔ اس نے اپنی مٹھیاں کس لیں۔

"چلو نگار اندر چلیں" اس نے نگار کے شانے پر ہاتھ رکھ کر کہا۔ برات جا چکی تھی۔ وہ دونوں اندر داخل ہوئیں۔

"میں پوچھتی ہوں، کہاں گئیں تھیں تم دونوں ——— ؟" اپنی چچی کی گرجدار آواز سے دہل گئی۔

"ممی رما کی برات آئی تھی نا! اسی لیے دیکھنے گئی تھی" نگار نے ماں کو سمجھایا۔

"برات رما کی تھی اور شوق تم دونوں کو چرایا دیکھنے کا! شرم تو کرو۔! ایک تو ہماری جان پر عذاب بن کر بیٹھی ہوا ور دوسرے یوں سڑک پر تماشہ بننے کیوں چلی جاتی ہو؟" چچی کی آواز تیز ہوتی جا رہی تھی۔

"چچی! ———" وہ ہلکا سا ہاتھ ان کی آواز کو روکنے کے لیے اٹھا کر رہ گئی۔

"چپ رہ کمبخت! ہمارا تو جینا دوبھر کر دیا ہے۔ کسی کے پاس جاتے ہوئے شرم آتی ہے۔ نہ جانے کس جنم جلی کو میرے پلے نبھا گئے مرنے والے۔ اگر آنکھ مٹکانے کا شوق ہے تو میرے گھر کے دروازے اپنے لیے بند سمجھو۔" چچی کا غصہ تھمتا ہی نہ تھا۔

"ممی! شمو باجی کو تو میں ہی لے کر گئی تھی۔ آپ ان پر کیوں بگڑ رہی ہیں۔" نگار نے مداخلت کی۔

"چل ہٹ! یہاں سے بڑی آئی شمو باجی کی طرف دار بن کر۔ یاد رکھو نگار اگر تم نے بھی دوسروں کی طرح اپنا قدم آگے بڑھانا شروع کیا۔ تو مجھ سے برا کوئی نہ ہوگا۔ نہ جانے کیا دیکھا تھا کسی نے جو مہندی لگ کر چھوٹ گئی ——" چچی تو اتنا کہہ کر اندر چلی گئیں اور شمع ساکت و جامد کھڑی ہو گئی۔ اک اک لفظ تازیانہ بن کر اس کے دل پر برستا رہا۔ آنسو اس کے گالوں کا صدقہ اتارتے رہے۔ اس کی سسکیاں فضا میں تیز

ہوگئیں۔ دفعتاً اس کے سر پر کسی نے ہاتھ رکھا۔ اس نے مڑ کر دیکھا۔ اس کا بیمار چچا اس کے سامنے تھا۔

"نہ رو میری بچی!" چچا کے منھ سے مدھم سُروں میں نکلا۔

"چچا!" ——— شمع کا سارا غم اس ایک لفظ پر لاوا بن کر بہہ نکلا — وہ بلک پڑی۔

"میں پوچھتی ہوں یہ آنسو کس کے لیے بہائے جارہے ہیں۔ تمہیں کوئی اور کام نہیں؟ ہزار بار کہا اپنی چارپائی سنبھالو، مگر تم نے تو گھر کی ہر بات کا ٹھیکہ لے رکھا ہے۔ ہر وقت مداخلت ہونہہ!" اس کی چچی نے اپنے شوہر پر بگڑتے ہوئے کہا۔

"بیگم! خدا سے ڈرو! کیوں یتیم کا دل دکھاتی ہو۔" بہ مشکل تمام وہ اتنا کہہ سکے۔

"بس بس! تمہاری تقریر کی مجھے ضرورت نہیں۔" وہ ہاتھ ہلاتی ہوئی یہ کہہ کر چلی گئیں۔ شمع اپنے کمرے کی طرف بڑھ گئی۔

صبح کے نو بج رہے تھے وہ آفس جانے کی تیاری کر رہی تھی۔ کپڑے بدل کر جب اس نے چچی سے جانے کی اجازت مانگی تو وہ فوراً کہہ اٹھی۔

"آج پہلی تاریخ ہے۔ خیال رہے کوئی مفت کی روٹیاں نہیں دیتا اس زمانے میں کمائی کھانے کے لیے ہوتی ہے سنورنے کے لیے نہیں!" وہ پھر ایک بار تلملا گئی۔ اس نے بالوں سے گلاب کا وہ پھول نکال کر پھینک دیا۔ جو نگار زبردستی لگا کر گئی تھی۔ وہ گیٹ سے باہر نکل گئی۔

"کاش بابا زندہ ہوتے ———" چلتے چلتے اس کے دل نے کہا۔ وہ سوچنے لگی ——— اس کی زندگی نے کتنی بہاریں دیکھیں سب

کی سب خزاں بداماں تھی۔ پیدا ہوتے ہی ماں نے آنکھیں بند کیں۔ دلہن بنتے ہی باپ نے منہ پھیر لیا۔ بچپن ممتا کی تشنگی سے دوچار تو شباب شفقت سے محروم!

"شمع"! وہ اپنے نام کی گہرائی میں ڈوب گئی۔ جلنا اور سلگنا بس یہی دو کام ہیں اس کی زندگی کے! بس اسٹاپ آچکا تھا وہ بس میں سوار ہو گئی۔ ماضی کی دنیا پھر ایک بار اس کے سامنے آگئی۔ اسے یاد آیا بابا کے مرنے کے بعد چچا نے کتنی اپنائیت سے اسے اپنے گھر لایا اور پہلی بار گھر میں قدم رکھتے ہی اسے چچی کی کرخت آواز سنائی دی "یہ گھر ہے کوئی یتیم خانہ نہیں جو ہر آنے جانے والے کو پناہ دے۔" اس کا دل بھر آیا اسے وہ دن بھی یاد تھا جب ایک صبح اس کا چچا آنگن میں بے ہوش پڑا ہوا تھا۔ ڈاکٹروں کی رائے یہ ہوئی کہ اس کے پیر مفلوج ہو چکے ہیں۔ چچا کی بیماری کے بعد اس نے نوکری سنبھالی۔ گھر کا سارا بار اب اسی کے سر تھا۔ وہ ایک ٹھنڈی سانس بھر کر سوچنے لگی۔ کیا اس کی زندگی یوں ہی گزر جائے گی۔؟ دفعتاً اس کے خیالات کی ڈور ٹوٹ گئی۔ اس کی بازو والی سیٹ پر بیٹھے ہوئے نوجوان نے اس کا گرا ہوا پرس اس کے حوالے کیا۔

"اوہ شکریہ!" وہ چونک اٹھی۔

"کوئی بات نہیں! آئندہ احتیاط کیجئے۔ جاگتے خواب خطرناک ہوتے ہیں۔" نوجوان نے کہا۔

"بیدار کرنے کا شکریہ" وہ سنجیدگی سے کہہ کر دوسری طرف دیکھنے لگی اس کا دایاں ہاتھ اس کے گالوں پر تھا۔

"آپ کہاں جائیں گی مس شمع"؟ نوجوان نے سوال کیا۔

"جی ـــــ آپ کو میرا نام کیسے معلوم ہوا۔؟" وہ حیرانگی سے پوچھنے لگی۔

"ہم تو صورت دیکھ کر کہہ دیتے ہیں۔ دیکھیے نا شمع کو بہت خوب صورت ہوتی ہے، لیکن جلتی رہتی ہے۔ ذرا سا ہاتھ لگایا اور بس آگ لگ گئی۔ میں نے ہمدردی جتائی اور آپ نے بے مروتی سے چہرہ پھیر لیا۔ آپ کی اس انگوٹھی نے مجھے چوری کی ترغیب دی۔" نوجوان نے اس کی دائیں ہاتھ کی انگلی کی طرف اشارہ کرتے ہوئے کہا۔

"اوہ ——— !" اس نے اپنی انگلی دیکھی۔ انگوٹھی دیکھی۔ انگوٹھی پر شمع لکھا تھا۔

"آپ بہت دلچسپ ہیں !" اس نے مسکرا کر کہا۔

"معاف کیجیے میں نوید انجم ہوں۔ انڈین ایر فورس میں کیپٹن ہوں۔ آج کل چھٹی پر ہوں۔ دل کے بہلانے کے لیے گھومتا رہتا ہوں۔ کبھی بس میں کبھی ٹرین میں کبھی پلین میں۔ نوید نے تعارف کروایا۔

"بہت خوشی ہوئی آپ سے مل کر ! میں قریبی آفس میں اسٹینو ٹائپسٹ ہوں۔" شمع نے کہا۔

"لیکن آپ ٹائپسٹ کم اور معصوم قاتل زیادہ نظر آتی ہیں۔ معاف کیجیے میں ذرا صاف گو آدمی ہوں۔ آپ نے کبھی آئینہ دیکھا ہے؟ نوید اس کی آنکھوں میں دیکھتے ہوئے بولا۔

"بڑے شریر ہیں آپ ! تین سال بعد وہ پہلی بار کھلکھلا کر ہنس پڑی۔ بس ایک جھٹکے سے رکی۔ اس کا آفس آچکا تھا وہ اتر پڑی۔

یہ تو تھی نوید اور شمع کی پہلی ملاقات　اس کے بعد یہ سلسلہ دراز ہوتا گیا۔ شمع کو نوید کی باتوں میں جینے کی راہ نظر آتی تھی۔ چاچی کی پھٹکار کے بعد نوید کے پر خلوص جملے مرہم کا کام انجام دیتے۔ جیسے آگ بجھانے کے لیے

باقی میسر آگیا ہو۔ وہ نوید کے بارے میں گھنٹوں سوچتی رہتی۔ نوید امیر باپ کا اکلوتا بیٹا تھا۔ اور وہ بن باپ کی ننھی کس بیٹی۔ کتنا بڑا تضاد تھا یہ —— وہ جانتی تھی کہ نوید کی محبت کا رنگ اگر چہ اس کے دل پر چڑھ چکا ہے۔ لیکن اس کے سہاگ کی مہندی اس کے ہاتھوں پر کبھی چڑھ نہیں سکے گی۔ نوید کے الفاظ اسے بار بار یاد آتے۔ ایک دن اس نے شمع کا گداز ہاتھ اپنے ہاتھوں میں لے کر کہا تھا

" ریاض نے جس حنا کو تمہارے روندے ہوئے ارمانوں کے خون سے رنگین بنایا ہے میں اسی حنا کو اپنی محبت کے رنگ میں شامل کر کے تمہاری ہتھیلیوں پر گل بوٹے سجاؤں گا۔ جس کی ہر پتی پر نوید لکھا ہوگا۔ تمہاری آنکھوں کے جلتے ہوئے دیئے اب تمناؤں کی مزار پر نہیں رکھے جائیں گے۔ تمہارے لبوں کے سکوت میں اضطراب نہ ہے میں اس کو نغموں میں بدل دوں گا۔ میں تمہاری زلفوں میں پناہ چاہتا ہوں۔ بالوں کا یہ سایہ میرے لیے وقف کر دو۔ آنسوؤں کا یہ ساغر مجھے دے دو۔ تمہاری زندگی کا سارا غم ان سرخ گالوں کا صدقہ اتارتے ہوئے میرے حوالے کر دو۔ میں اس شراب کو پی لوں گا۔ تمہارے غم کو اپنا لوں گا اس کے بعد تم سورج کی پہلی کرن بن جاؤ گی۔ چمن کی پہلی بہار بن جاؤ گی۔ پھول کی خوشبو بن کر فضا کو معطر کر دو گی۔ میری زندگی کی طویل راہوں میں تمہیں ہم سفر بنانا چاہتا ہوں۔ ایک بار صرف ایک بار مجھے اپنا لو" —— اور اس نے بے پناہ چاہت سے اس کے ہاتھ اپنی آنکھوں پر رکھ لیے۔

پھر نوید کی چھٹیاں ختم ہو گئیں وہ رخصت ہو گیا۔ اس کے دامن میں ہزاروں امید کے دیئے جلا کر۔ وہ آنسوؤں کی بوندیں ٹپکا ٹپکا کر انہیں جلاتی رہی۔ دن گزرتے رہے اور لمحے سرکتے رہے۔ ایک طوفانی شام کو اس کے چاچا نے ہمیشہ کے لیے آنکھیں بند کرنے سے پہلے ایک بار اس کی آنکھوں میں گھور کر دیکھا اور کہا بیٹی! میں نے...

اس گھر میں ۔۔۔۔۔۔ تجھے لاکر ۔۔۔۔۔۔ کبھی سکھ نہ دے سکا ۔۔۔۔ بھائی صاحب کی ۔۔۔۔ آخری آرزو ۔۔۔۔۔ میری بھی آرزو ۔۔۔۔ بن گئی ۔۔۔۔ میں تجھے دلہن نہ بنا سکا ۔۔۔۔۔ مگر میری بچی تیرے ہاتھوں میں مہندی ضرور لگے گی ۔ ۔۔۔ میری ایک خواہش ضرور پوری کرنا ۔۔۔۔ نگار کو وداع کرنے کے بعد ۔۔۔۔۔ اپنے ہاتھوں کو سنوارنا ۔۔۔۔۔ یہ فرض تیرے ہی ذمہ سونپ رہا ہوں !" جملہ ختم ہوتے ہی ان کی گردن ایک طرف ڈھلک گئی ۔ چچی اور نگار کی دل خراش چیخوں نے ماحول کو لرزا دیا اور وہ ۔۔۔۔ مرنے والے سے بہت پہلے ہی مر چکی تھی ۔ جو خود ہی زندہ لاش ہو وہ کسی کی موت پر کیا آنسو بہائے ۔ اس نے تڑپتی ہوئی نگار کو سینہ سے چمٹا لیا ۔ جیسے چچا سے کیا ہوا وعدہ نبھانے کا عہد پورا کر رہی ہو ۔

دن گزرتے دیر نہیں لگتی ۔ کسی کی موت سے زندگی کے کاروبار ختم نہیں جاتے کچھ ہی کیوں نہ ہو زندگی کی گاڑی ٹیڑھی میڑھی پٹڑیوں پر آگے ضرور بڑھتی ہے ۔ شمع گھر کے افراد کو اپنی لو سے راستہ دکھا رہی تھی ۔ چچا کا چھوڑا ہوا مکان انہیں کے علاج کے لیے لیے گئے قرض میں بندھ چکا تھا ۔ گذر بسر کے لیے صرف شمع کی آمدنی کا سہارا کافی تھا ۔ چچی کی طبیعت نے بھی عجیب موڑ لیا ۔ شاید یہ قدرت کی کرشمہ سازی تھی کہ بگڑے ہوئے دلوں نے انھیں انسان بنا دیا ۔ حالات کی ستم ظریفی، شوہر کی موت نوجوان لڑکی کی شادی کا مسئلہ، تنگئی معاش نے انھیں خوب چرکے لگائے ۔ اور بیدرد چچی اکی جگہ ہمدرد چچی بن گئی ۔ شمع کو دیکھے بغیر اب وہ رہ نہ سکتی تھی ۔ شمع ان کی غیر معمولی تبدیلی پر حیران ضرور تھی ۔ ساتھ ہی خوش بھی تھی کہ برسوں بعد ماں کی جگہ پر ہو رہی تھی ۔ اتنی تنگی کے باوجود شمع نے نگار کی تعلیم برابر جاری رکھی ۔ نگار کی عمر چڑھتے سورج کی تھی ۔ دیکھتے دیکھتے شباب کی منزلوں میں آ چکی

تھی۔ نوید سے ملنا بھی چھوڑ دیا تھا۔ کبھی کبھار وہ اس سے مل لیتی۔ ہر بار اس نے نوید کو یہ کہہ کر ٹالا کہ مجھے پانا ہے تو انتظار کی شمعیں جلائے رکھنا۔ تم جلد بازی سے کام لو گے تو مجھے کھونا پڑے گا۔ اور نوید شمع کے اس جملے پر ہار مان لیتا۔ وہ چاہتا تھا کہ شمع کی مالی طور پر امداد کرے۔ لیکن شمع خود دار لڑکی تھی۔ اس کی غیرت یہ گوارا نہ کرتی تھی کہ اس کا محبوب اس کی غریبی پر ترس کھا کر اسے قابلِ رحم سمجھے۔ نوکری کے ساتھ ساتھ وہ ٹیوشن بھی کرتی تھی۔ جہاں تک ممکن ہو وہ اپنے چچا کی آخری خواہش جلد سے جلد پوری کر دینا چاہتی تھی۔ اسے ڈر تھا کہ نوید کی محبت میں کھو کر وہ اپنے فرض سے غافل ہو جائے گی۔ اس لیے اس نے دل پر پتھر رکھ لیا۔ اور نوید سے ملنا کم کر دیا۔ انھیں دنوں شمع کی کوششوں سے نگار کے لیے ایک اچھا رشتہ آیا اس کی چچی نے کہا۔

"شمع کی موجودگی میں نگار دلہن نہ بنے گی۔

"چچی جو کام بن رہا ہے بن جانے دو بگاڑو نہیں۔ شمع کے لیے نگار کا راستہ نہ روکئے آپ کو میری قسم۔ میں نے چچا سے وعدہ کیا ہے۔ اگر اسے پورا نہ کر سکی تو مجھے جینے کا حق نہیں ——" شمع نے اپنا فیصلہ سنا دیا۔ اس کی چچی چپ ہو گئیں۔

شمیم احمد کے لڑکے نسیم احمد کے لیے نگار کا رشتہ آیا تھا۔ لیکن لڑکی پسند کرنے کے باوجود ان لوگوں نے چند شرائط پیش کیں۔ جو ان سے پوری نہ ہو سکتی تھیں اس دن دفتر سے لوٹنے کے بعد شمع نے چچی سے پوچھا کہ لڑکے والوں نے کیا جواب دیا۔

"بیٹی یہ لوگ لمبی چوڑی شرطیں پیش کر رہے ہیں۔ بھلا ایسے مانگنے والوں کو ہم کیا دیں گے۔ چھوڑ و انھیں۔ قسمت میں رہے گا تو کوئی نہ کوئی مل ہی

جائے گا۔" اس کی چچی نے جواب دیا۔

"نہیں چچی! ____ میں خود ان سے مل کر بات کروں گی۔ لڑکا بہت اچھا ہے۔ نگار خوش رہے گی۔ آپ فکر نہ کیجئے میں سب طے کرلوں گی۔ شمع نے کھانا چھوڑ دیا اور ہاتھ دھو کر کپڑے بدلنے چلی گئی۔ گھر سے نکل کر وہ سیدھے شمیم احمد کے گھر پہنچی۔ وہ برآمدے ہی میں بیٹھے تھے۔

"تسلیم!" شمع نے سر جھکا کر کہا۔

"جیتی رہو! کیا تم اختر الزماں کی بھتیجی ہو۔؟" انھوں نے چشمے کی اوٹ سے اسے دیکھتے ہوئے کہا۔

"جی ہاں ____"

"آؤ آؤ بیٹھو۔ کہو کیسے آنا ہوا ____ انھوں نے اخبار میز پر رکھتے ہوئے پوچھا۔

"بات یہ ہے کہ آپ کے صاحبزادے نسیم احمد کی نسبت میری بہن کے لیے آئی ہے!"

"لڑکی کو پسند کیا جاچکا ہے۔ لیکن شادی کی شرائط کی فہرست بہت طویل بتلائی گئی ہے۔" شمع نے کچھ رکتے جھجکتے بات کہہ دی۔

"ہاں ____" انھوں نے ایک لمبی سی آواز نکال کر کہا۔

"آپ تو جانتے ہیں کہ چچا کے انتقال کے بعد ہمارے معاشی حالات پہلے کی طرح نہیں رہے۔ نگار کو ہم اپنی حیثیت کے مطابق ضرور دیں گے۔ لیکن ہماری مقدور سے زیادہ مانگ ہمارے لیے ناقابلِ تکمیل ہوگی۔" شمع نے کہا

"وہ تو ٹھیک ہے لیکن لین دین تو شادی میں چلتا ہی ہے۔ اور پھر میرے ایسے کتنے نیچے ہیں۔ لے دے کے صرف دو ہی ہیں۔ جس میں ایک تو تو ہونے

کے برابر ہے۔" کہتے کہتے وہ کچھ آبدیدہ ہو گئے۔

"کیوں" شمع نے سوال کیا۔

"میرا لڑکا لاعلاج کینسر کا مریض ہے۔ شہر کے تمام ڈاکٹروں نے ناامیدی ظاہر کی ہے۔ اس بیماری سے وہ ذہنی طور پر بہت زیادہ مفلوج ہے۔ ڈاکٹر کہتے ہیں کہ ہو سکتا ہے کہ شادی کے بعد اس کی دماغی حالت بدل جائے۔ اور وہ آپریشن کے قابل ہو جائے۔ لیکن اسے لڑکی کون دے گا۔ کتنی منتوں کے بعد خدا نے اسے دیا۔ لیکن قسمت کی کرم فرمائی کہ ایسے مہلک مرض کا شکار ہو گیا اس کی ماں یہ چاہتی ہے کہ نسیم کا بیاہ رچا کر اپنے ارمان نکال لے۔" شمیم احمد کہتے رہے۔ وہ سر جھکائے سنتی رہی۔ دفعتاً اس نے سر اٹھایا۔

"اگر انھیں شریکِ حیات مل جائے تو کیا وہ اچھے ہو جائیں گے۔؟" شمع نے سوال کیا۔

"ڈاکٹروں کا تو یہی خیال ہے۔ ہو سکتا ہے رفیق زندگی کے ساتھ اس کے دُکھ کا مداوا ہو جائے۔ اس کی ذہنی حالت سدھر جائے تو اس کا آپریشن کامیاب ہو گا۔" انھوں نے جواب دیا۔

"کیا آپ مجھے بہو بنا سکیں گے۔؟" شمع نے نظریں جھکا کر کہا۔

"کیا شمیم احمد اپنی جگہ سے اُچھل پڑے۔ "تت ---- تم اس بیمار سے شادی کرو گی۔؟" وہ کچھ حیرت سے اور کچھ خوشی کے ملے جلے جذبات پر قابو پاتے ہوئے بولے۔

"جی ---" شمع نے ہلکا سا سر کو خم کر کے کہا۔

"لیکن ..... لیکن ..... کیا تم سوچ سمجھ کر یہ فیصلہ کر رہی

ہو۔" انھوں نے سوال کیا۔

"جی ہاں۔ اگر میری وجہ سے وہ ٹھیک ہو جائیں تو یہ میری خوش نصیبی ہو گی۔ شمع نے کہا۔

"بیٹی تم جانتی ہو وہ کینسر کا مریض ہے۔ آپریشن اس کی جان بھی لے سکتا ہے۔ تم کیوں اپنے آپ کو تباہی کی طرف لے جا رہی ہو۔؟ ان کی آنکھوں آنسو تھے۔

"تباہی ـــــ؟ گھر آباد کرنا تباہی ہے؟ اگر میری قسمت میں سہاگن رہنا ہو تو وہ ضرور اچھے ہو جائیں گے۔ آپریشن کے ٹیبل سے بھی میری قسمت انھیں کھینچ لائے گی۔ جلتے ہوئے دیوں کی لو پر تو ہر پروانہ ہی رقص کرتا ہے مگر بجھتی ہوئی شمع کا طواف کرنا پرستش کا حسین انداز ہے۔ ہنسنے والے کے ساتھ تو زمانہ ہنستا ہے۔ لیکن رونے والے کے آنسو پونچھنے کے لیے کوئی اپنا دامن آگے نہیں بڑھاتا۔ زندگی تو وہی ہے جو دوسروں کے کام آئے۔ شمع الفاظ کے موتی لٹا رہی تھی۔ اور شمیم احمد آنسوؤں کی بوندیں برسا رہے تھے۔۔

"میری بچی ـــــ اللہ تجھے سہاگن رکھے۔" انھوں نے شمع کے سر پر شفقت سے ہاتھ پھیرا۔

"دوسری صبح شمع کی چچی حیران تھی کہ اچانک ہی بغیر کسی جہیز اور لین دین کے شادی کے لیے کیسے راضی ہو گئے۔

"خدا جانے تم نے ان پر کیا جادو کر دیا ہے۔ وہ تو لڑکی کو زرد کپڑوں ہی میں لے جانے کو راضی ہو گئے!" شمع کی چچی آٹا گوندھتے ہوئے کہہ رہی تھی۔

"میں نے جادو نہیں کیا چچی۔ یہ تو نگار کی قسمت کا کرشمہ ہے۔"

وہ نوید کو خط پوسٹ کرنے جا رہی تھی۔ شادی کے دن قریب

آ رہے تھے۔ شمع تیاریوں میں لگ گئی ۔ اس نے اپنی حسب حیثیت نگار کو مناسب جہیز دیا۔ شادی سے چار دن پہلے شمیم احمد اس کے گھر پہنچے ۔

"بیٹی! میں تم سے ایک درخواست کرتا ہوں !" انھوں نے کہا۔

"حکم دیجئے ۔ میں کیا خدمت کر سکتی ہوں آپ کی ؟" اس نے سیاہ دوپٹہ سر پر ڈال کر کہا۔

"اعجاز میرے ساتھ آیا ہے وہ تمھیں دیکھنا چاہتا ہے۔ بہت مشکل سے شادی کے لیے راضی ہوا ہے۔ کہتا ہے "کون ہے وہ مسیحا جو مجھے موت سے بچانے آیا ہے۔ !" وہ بولے۔

"بلوائیے انھیں اندر ——— " وہ اتنا کہہ کر بغل میں ہٹ گئی۔ شمیم احمد نے آواز دی اور وہ اندر داخل ہوا۔ دبلا پتلا سانولا نوجوان جس کے جسم کی ہڈیاں ابھر ابھر کر اپنا تعارف کرانا چاہتی تھی۔ آنکھوں کے حلقے اس کی قسمت کی سیاہی کا ماتم کر رہے تھی۔ اس کی نظروں کی اداسی ماحول کو بھی لرزا رہی تھی۔ اس نے شمع کو دیکھا۔

"بابا ——— " کہیں آپ مذاق تو نہیں کر رہے ہیں۔ ؟" اس نے اپنے باپ سے پوچھا۔ کتنا کرب تھا اس کی آواز میں۔

"نہیں ——— " شمع بول اٹھی۔ اس کا اٹھا ہوا ہاتھ اٹھا ہی رہا۔ اعجاز نے دیکھا خوب صورت گداز ہاتھ، لانبی لانبی مخروطی انگلیاں، جیسے سچ مچ مسیحا کی انگلیاں ہوں!۔

"کیا آپ سب کچھ جانتے ہوئے بھی ——— " وہ رک گیا۔

"جی ——— میں نے جو کچھ کیا ہے سوچ سمجھ کر نہ کسی بر رحم کی بنا پر، نہ کسی طلب کی آرزو میں،" اس نے نظریں نیچی کر کے جواب دیا۔

"شکریہ! دعا کروں گا کہ زندگی مجھ سے وفا کرے،" اعجاز کے چہرے

پر، زندگی کی ہلکی سی کرن نظر آئی۔ وہ باہر نکل گیا۔

شادی کا دن آیا۔ نگار دلہن بنی سنوری اپنے پیا کے گھر چلی گئی۔ بغیر کسی "مانگ" کے اس کی مانگ افشاں سے بھر گئی۔ یہ صرف شمع، اعجاز اور شمیم احمد ہی جانتے تھے کہ کس نے کیا دیا اور کس نے کیا لیا ہے! —— اعجاز سیاہ رنگ کی شیروانی میں ملبوس، بالوں کو ڈھنگ سے سنوارے اپنے حسین سپنے کو دیکھتا رہا اور زندگی کی ساری خوشیاں اس کے دامن میں بھرنے کے خواب سجاتا رہا۔ برات چلی گئی گھر سونا ہو گیا۔ شمع اپنے کمرے میں چلی گئی۔ نوید کی یاد اسے آج رہ رہ کر تڑپاتی رہی وہ سوچنے لگی جب وہ اس کا خط دیکھے گا تو نہ جانے اسے کتنی بے وفا سمجھ لے۔ مگر شمع بے وفائی کرتی کہاں ہے۔ اسے چاہے محفل میں رکھ دو چاہے مزار پر خاموش سلگتی ہی رہتی ہے۔

رات بھیگ چلی تھی وہ بستر پر دراز ہو گئی۔

نگار کی شادی کو دس دن گزر گئے۔ اب اس کے امتحان کا وقت آ رہا تھا۔ اس کی بچی خوش تھیں۔ انہیں حقیقت سے بے خبر رکھا گیا۔ بھری محفل میں شمع نے اعجاز کو قبول کیا۔ ہر آنسو نوید سے کیے گئے وعدوں کی لوٹی ہوئی مالا کی طرح گر رہا تھا۔ وہ مجبور بھی تو تھی۔ اعجاز کو نہ اپنا لیتی تو نگار کی زندگی میں بہار کیسے آتی۔؟ ایک چھوٹی سی قربانی اس کے خاندان کے لیے خوشیوں کے پھول مہکا رہی تھی۔ اس نے اپنے کعبۂ دل کے لوٹنے کا غم نہ کیا۔ صبر کا پتھر سینہ سے لگائے حوادثِ زمانہ کے تیر کھانے کو تیار ہو گئی۔ ایک طرف اپنی بہن کی مانگ کو سجانے کی فکر دوسری طرف ایک بوڑھے باپ کی دم توڑتی ہوئی خواہش، تیسری جانب اعجاز کی ڈوبتی ہوئی کشتی کو پار لگانے کا جذبہ۔ وہ بھنور میں پھنس چکی تھی۔ اس نے ڈوبنے ہی کو مقصدِ زندگی جانا۔

شادی کے بعد اعجاز نے شمع کے چہرے پر ہمیشہ پھول ہی کھلتے دیکھے ان مہکتی ہوئی بہاروں کے سائے میں اس کی زندگی چل رہی تھی۔ شمع تو مسیحائی کے لیے آئی تھی پھر وہ مسکراہٹ کے مرہم کی بجائے آنسوؤں کا زہر اپنی آنکھوں میں رکھتی تو اعجاز کے دل کا زخم کیسے مندمل ہو سکتا تھا۔

دن ہفتوں کا روپ بدل کر مہینوں میں بدل گئے۔ جیسے فلک کے گوشہ میں مسکراتا ہوا ہلال رفتہ رفتہ بدر کامل بن جاتا ہے۔ شمع اور اعجاز کی زندگی پر چاندنی کی طرح نکھر آئی تھی۔ اعجاز کی ذہنی حالت بہت سنبھل چکی تھی۔ ڈاکٹرز اس غیر معمولی تبدیلی پر حیران بھی تھے۔ اور خوش بھی۔ اس کے چہرے کی ہڈیاں اب گوشت سے پُر ہونے لگیں تھیں۔ آنکھوں کے گرد چھائے ہوئے سیاہ حلقے برس برس چکے تھے۔

ایک حسین شام کو باتوں ہی باتوں میں شمع نے اس سے پوچھا۔

"آپ آپریشن کب کروائیں گے ـــــ؟"

"شمع تم نے بیٹھے بیٹھے یہ تیر کیوں پھینک دیا؟" وہ ایک دم مضطرب ہو گیا۔

"کیوں؟ کیا بُرا کیا میں نے؟ دیکھئے تو اب آپ کی صحت میں کافی تبدیلی آگئی ہے۔ آپ کے لیے تو آپریشن ضروری ہے۔ ڈاکٹر ورما کہہ رہے تھے کہ آپریشن کے بعد آپ بالکل اچھے ہو جائیں گے۔" شمع نے کہا۔

"شمع میں جینا چاہتا ہوں۔ مجھے راہ میں لٹنے نہ دو" اس نے شدت جذبات سے شمع کے ہاتھ تھام لیے۔ آپ گھبرانے کیوں لگے! میری چاہت میری الفت آپ کو مجھ سے دور نہ لے جا سکے گی۔ سچ تو یہ ہے کہ ہم ابھی راہ پر چل رہے ہیں۔ زندگی کی تمام تر رعنائیاں تو آپ کو آپریشن کے بعد ملیں گی۔

آپ کا آپریشن کامیاب ہو گا۔ آپ صحت مند ہو کر گھر لوٹیں گے۔ میں اس وقت دلہن بنوں گی۔ آرزوؤں کی مہندی ہاتھوں پر سجاؤں گی۔ تمناؤں کے زیور سے خود کو آراستہ کروں گی۔ مسرتوں کے چراغ جلاؤں گی۔ نگاہوں کو پھول بنا کر آپ کی راہ میں بچھاؤں گی۔ اور پھر ہم زندگی کے لمبے سفر کے لیے نکل پڑیں گے۔ شمع نے اس کے سینے سے لگ کر کہا۔

"شمع جھوٹے خوابوں کے جزیرے میں مجھے لے جانے کی کوشش نہ کرو۔ وہاں آہوں کے بادل چھائے ہوئے ہیں۔ میں زندگی کی حسین وادیوں کی سیر کرنا چاہتا ہوں" اعجاز نے خلا میں گھورتے ہوئے کہا۔

"میرے سرتاج! میں آپ کو ہر خطرناک موڑ سے بچاؤں گی۔ آپ مایوس کیوں ہوتے ہیں۔ میری دعائیں آپ کے قدموں سے لپٹی ہوئی ہیں۔ کوئی کانٹا بھی آپ کو نہ چبھ سکے گا۔ آپ ایسا خیال دل سے نکال دیجیے۔" اس نے تسلی دیتے ہوئے کہا۔

"شمع نہ جانے بار بار میرا دل یہ کہتا ہے کہ میں آپریشن ٹیبل سے واپس نہ آسکوں گا۔" وہ کرب میں ڈوبی آواز میں بولا۔

"نہیں ——— میرا سہاگ، میری افشاں، میری دست حنا یوں مٹنے کے لیے نہیں بنا۔ آپ میرے عزم کو تھام کر کھڑے ہو جائیے۔ زندگی کی یہ ڈوری دراز ہو جائے گی۔" شمع نے اس کا ہاتھ تھام کر کہا۔ اعجاز چپ ہو گیا۔

اس گفتگو کے بعد ڈاکٹر ورما سے مل کر شمع نے آپریشن کی تاریخ مقرر کر لی ڈاکٹر ورما کو صرف یہی خدشہ تھا کہ آپریشن کے دوران دماغی حالت بگڑ نہ جائے

اگر اعجاز کی ذہنی حالت اثر انداز نہ ہوئی تو آپریشن کامیاب ہونے کے قوی امکانات ہیں۔ زندگی اور موت کی کشمکش جاری رہی

آپریشن تھیٹر پر سرخ رنگ کا بلب روشن تھا۔ دروازہ بند تھا۔ اندر زندگی اور موت کی کشمکش جاری تھی۔ شمع اور دیگر افراد آپریشن تھیٹر کے باہر موجود تھے شمع بنچ پر بیٹھی تھی۔ اس کا ہاتھ ٹھوڑی کے نیچے رکھا تھا یوں معلوم ہو رہا تھا۔ جیسے کسی نے پیمانہ لبریز کر کے رکھ دیا ہو۔ اس کی آنکھوں میں دور تک امید کے دیے جلتے دکھائی دے رہے تھے۔ اس کی سانسوں میں آس کے پھولوں کی مہک تھی۔ وہ گھڑیال کی سوئیوں کی طرف دیکھتی ہوئی بیٹھی تھی۔ لمحے ایک ایک کر کے سرک رہے تھے۔ ٹک ٹک ---- ٹک ٹک ---۔ گھڑیال کی آواز کے ساتھ اس کا دل بھی دھڑک رہا تھا۔ دفعتاً وہ اپنی چچی کی آواز پر چونک گئی۔

" بیٹی! شمع! تم سے ملنے کوئی نوید صاحب آئے ہیں۔ میرے گھر آئے تھے میں نے اعجاز کی روداد سنائی تو وہ تم سے ملنے یہاں چلے آئے۔" شمع نے ٹھوڑی کے نیچے رکھا ہوا ہاتھ نکالا اور چچی کی طرف سوالیہ نظروں سے دیکھنے لگی۔

میں نے انھیں اندر آنے کے لیے کہا تھا۔ لیکن وہ کہتے ہیں پہلے تم سے اجازت لے لوں۔ تب وہ آئیں گے۔ ،، چچی نے کہا۔

میں ہی ملنے جاؤں گی ــــ ،، وہ اٹھ کھڑی ہوئی۔ اس نے آنچل سر پر ڈالا۔ اور بوجھل قدموں سے آگے بڑھنے لگے۔ دور ہاسپٹل کے گیٹ کے پاس نوید کھڑا نظر آیا۔ فوجی وردی میں ملبوس وہ اسی کی طرف دیکھ رہا تھا۔ دونوں کے درمیان چند گز کا فاصلہ رہ گیا۔ لیکن وہ محسوس کر رہی تھی کہ یہ زمین و آسمان کا فاصلہ ہے ڈوبتی شام اور طلوع سحر کا فاصلہ ہے ــــ

شمع ہلکے نیلے رنگ کی ساڑی میں لپٹی چلی آرہی تھی۔ جیسے سمندر کی تہہ میں چھپی ہوئی کوئی موج ہوا کے جھونکوں سے سطح پر ابھرتی دکھتی ہو۔ نوید کی نظریں اس پر مرکوز تھیں۔ اس کی رگوں کا سارا خون پلکوں پر جم گیا تھا۔ وہ قریب آچکی تھی۔

"آپ کب آئے ــــــ؟" اس نے نظریں اٹھائے بغیر پوچھا۔

"میں گیا ہی کہاں تھا شمع! اس پروانے کی طرح تمہارا ہی طواف کر رہا تھا۔ جو رات ہوتے ہی اپنی شمع پر نثار ہونے کے لیے آجاتا ہے!" نوید کی پلکوں سے ایک آنسو ٹپکا۔ زمین نے اسے جذب کرلیا۔ اس کے جملے میں چھپے ہوئے کرب کو شمع نے محسوس کیا۔

"آپ بھول رہے ہیں، میں ایک بیاہتا عورت ہوں" اس نے دل پر جبر کرکے کہہ ہی دیا۔

"میں جانتا ہوں۔ اور یہ بھی جانتا ہوں کہ تمہاری مجبوری نے تمہیں سہاگ کا یہ روپ دیا۔ میں تم سے تمہاری بیاہی ہوئی زندگی کا حساب مانگنے نہیں آیا ہوں۔ صرف اعجاز کی کیفیت سن کر اظہارِ ہمدردی کرنے چلا آیا۔ تم اسے جذبۂ انسانیت سمجھو یا مختصر ملاقات کے لیے تقریب!" نوید اشکوں کے بہاؤ کو روک کر بولا۔

"نوید زندگی نے ابتدا ہی سے کانٹے دیے ہیں۔ میں نادان تھی جو ایک پل کے بہار پر اپنا سب کچھ نچھاور کر بیٹھی۔ تم سے ملنے کے بعد میں یہ بھول چکی تھی کہ مجھے کچھ اور کام بھی باقی ہیں۔ زمانے کی ستائی ہوئی اپنوں کے ہاتھوں لٹی ہوئی کلی کی طرح تمہارے دامن میں آگری۔ تم نے مجھے سنبھالا۔ لیکن میں نے بھول کی اپنے ساتھ تمہیں بھی دکھ کے گہرے سمندر میں ڈبو دیا۔ میں تم سے بھیک مانگتی ہوں نوید مجھے معاف کر دینا۔ میرے وعدوں کو فریب کا نام نہ دو۔ اسے

ایک بے بس کی مجبوری سمجھ لو۔ آؤ دیکھو! میں آج زندگی اور موت کی کشمکش کا تماشہ دیکھ رہی ہوں۔ یہ ہاتھ جنھیں تم حنا کے رنگ سے سنوارنا چاہتے تھے۔ آج اُمید و بیم کے دامن کو تھامے ہوئے ہیں۔ میں نے اپنے سارے غم سہاگ کی بازی میں لگا دیے ہیں۔ ان کا آپریشن کامیاب ہوگا تو میری زندگی کا نیا سورج طلوع ہوگا۔ ورنہ ۔۔۔۔ ۔۔۔ ورنہ" اس سے آگے وہ کہہ نہ سکی۔ الفاظ حلق تک آکر رک گئے۔ اور آنسو پلک تک آکر تھم گئے۔

"نہیں شمع! ایسا نہ کہو! تمہارا سہاگ ضرور سلامت رہے گا۔" نوید نے کہا۔

"چلو اس در پر چلو جہاں میری قسمت بننے والی ہے۔" شمع نوید کو ساتھ لے کر آگے بڑھی۔

آپریشن تھیٹر اب بھی بند تھا۔ سب کے سب ساکت وجامد کھڑے تھے۔ ہر ایک کے دل کی دھڑکن زندگی کا پیام چاہتی تھی۔ ٹک ٹک ۔۔۔۔۔ ٹک ٹک ٹک ۔۔۔۔۔ گھڑیال کی سوئیاں گردش کرتی رہیں۔ ڈیڑھ گھنٹہ گذر گیا۔ اور پھر کھٹ کی آواز پر شمع نے چونک کر دیکھا۔ ڈاکٹر ورما تھے وہ تولئے سے ہاتھ پونچھتے ہوئے اس کے قریب پہنچے۔ ان کی سانس تیز چل رہی تھی۔ وہ شمع کے پاس آکر رک گئے۔

"ڈاکٹر! میرے انتظار کا معاوضہ ـــــ"؟ شمع نے نظریں اٹھا کر سوال کیا۔

"میڈم! آئی ایم ساری! مجھے دکھ ہے کہ میں اعجاز کو بچا نہ سکا۔ دماغی شریانیں پھٹ جانے سے وہ ۔۔۔۔ ڈاکٹر ورما رک گئے۔

"اتنے طویل انتظار کا اتنا مختصر جواب ڈاکٹر ـــــ" شمع نے

کربناک آواز سے ان کی طرف دیکھتے ہوئے کہا۔

"آئی ایم ساری!" وہ شمع کی پیٹھ تھپتھپاتے ہوئے آگے بڑھ گئے۔ شمیم احمد نگار نسیم اور نوید کی سانسیں اکھڑ گئیں۔ دل دہل گئے۔ اور فضا میں بجلی کی تڑپ کی آواز ابھر آئی۔ یہ ان کی سسکیاں تھیں۔

شمع نے ایک نظر سب کو دیکھا اور پھر نوید کی طرف مڑ کر کہا۔

"آؤ نوید! میں تمہیں ان سے ملاؤں" اس نے کنکھیوں سے نوید کو تاکا۔

"شمع ہوش میں آؤ ــــــ" نوید نے اسے جھنجھوڑا۔

"چھوڑو مجھے۔ دیکھو میں دلہن بنوں گی۔ مجھے ان سے ملنا جو ہے شمع نے اپنے قدم پیچھے ہٹالیے۔ سر پر آنچل ڈالا اور آپریشن تھیٹر کی طرف بڑھ گئی۔ ٹیبل پر اعجاز زندگی کی آرزو لیے مر چکا تھا۔ سفید چادر اس کے چہرے پر ڈال دی گئی تھی۔ شمع آہستہ آہستہ ٹیبل کے قریب پہنچی پھر اس نے چادر ہٹائی۔ سرخ سرخ خون اعجاز کے چہرے اور گردن پر پھیلا ہوا تھا۔

"نہیں ــــــ" اس کی دلدوز چیخ نے فضا کو ہلا دیا۔ وہ پھٹی پھٹی آنکھوں سے لاش کو تکنے لگی پھر اس نے اپنا ہاتھ اس سرخ خون پر رکھ دیا۔ اس کی ہتھیلی پر سرخ رنگ کے گل بوٹے بن گئے۔ اس نے ہاتھ اٹھایا۔ دیکھا۔ ہتھیلی پر خون کے دھبے تھے دفعتاً وہ پیچھے پلٹی اور نوید کے قریب پہنچی۔

"دیکھو ــــــ دیکھو نوید۔۔۔۔ یہ میرا دست حنا ہے۔ کتنے خوب صورت گل ہیں ان میں۔ تم کہا کرتے تھے نا! حنا کے گل بوٹے سجا دو گے۔ دیکھو تو کتنے سارے پھول کھلے ہیں حنا کے! سرخ حنا کے! ۔۔۔۔

ہا ہا ہا ..... ہا ہا ہا !!!" وہ بے تحاشہ قہقہہ مار کر ہنسنے لگی۔

"شمع ! شمع !" نوید کے ساتھ سب اس کی طرف دوڑے مگر وہ مسلسل ہنس رہی تھی۔ اپنے ہاتھوں کو دیکھ رہی تھی۔ ڈاکٹر درما بھی آ چکے تھے۔ دو نرسوں نے مل کر شمع کو سنبھالا۔ مگر وہ مچل رہی تھی۔ ڈاکٹر ورما اس کے قریب پہنچے انھوں نے اسے غور سے دیکھا اور گردن کو خفیف سا جھٹکا دے کر مڑ گئے۔

"اس دکھ نے ان کے ہوش و حواس چھین لیے ہیں اپنا دماغی توازن کھو چکی ہے۔ سسٹر ایمرجنسی میں لے جاؤ۔ میں مینٹل ہاسپٹل کو فون کر کے گاڑی منگوا لیتا ہوں۔ ڈاکٹر ورما یہ کہہ کر آگے بڑھ گئے۔ شمع دو نرسوں کے درمیان قہقہہ لگاتی چلی جا رہی تھی۔ جاتے جاتے اس نے عجیب نظروں سے نوید کو دیکھا۔ اپنا ہاتھ اس کے گال پر لگا دیا اور کہا۔

"دیکھو! یہ پھول ہیں! انھیں کھو نہ دینا۔ اور پھر بے تحاشہ ہنستی ہوئی آگے بڑھ گئی۔ نوید نے سرخ خون کے دھبوں کو اپنی دستی سے صاف کیا۔ اسے آنکھوں سے لگایا اور عقیدت سے انھیں چوم لیا۔ اس کی آنکھوں سے آنسو رواں تھے۔ دور بہت دور سے شمع کے بھیانک قہقہوں کی آواز آ رہی تھی۔

ٹکراؤ

اس نے کراہتے ہوئے کروٹ بدلی۔ زخم ابھی بھرے نہیں تھے۔ دو ریل گاڑیوں کے بھیانک ٹکراؤ سے رونما ہونے والے حادثے میں وہ معجزاتی طور پر بچ گئی۔ جب کہ اس کے خاندان کے دیگر تین افراد لقمۂ اجل ہو گئے تھے۔ وہ خود بے ہوش ہو چکی تھی۔ جب آنکھ کھلی تو اس نے خود کو ہسپتال میں پایا۔ پلنگ کے اطراف سفید یونیفارم میں ملبوس نرسیں اسے الف لیلوی داستاں کی پریاں دکھائی دے رہی تھیں۔ اس نے کچھ پوچھنا چاہا۔۔۔۔۔۔ مگر خواب آور انجکشن نے پھر ایک بار اس پر گہری نیند طاری کر دی۔

ایک ہفتہ بعد جب وہ ہوش میں آئی تو اس نے محسوس کیا کہ وہ صرف اس ٹکراؤ کو یاد رکھ پائی ہے۔ قدرتی طور پر وہ ایک باشعور ذہن رکھتی تھی۔ اس کے بیدار ذہن نے سوچ کا دھارا ٹکراؤ کی سمت موڑ دیا۔ اور وہ اول تا آخر تک ٹکراؤ کے فلسفے پر غور کرنے لگی۔

تاریخ کے اوراق الٹے گئے ـــــ خیر و شر کا ٹکراؤ، ہابیل و قابیل کا ٹکراؤ، اور اس کے بعد لامتناہی سلسلہ شروع ہوا۔ قبیلوں اور قوموں کا ٹکراؤ، رنگ و نسل کا ٹکراؤ، نظریات کا ٹکراؤ، تہذیب کا ٹکراؤ، زبان کا ٹکراؤ، جنس کا ٹکراؤ، اقتدار کا ٹکراؤ۔

اس نے پہلو بدلا تو ذہن نے بھی کروٹ لی۔ اب اخبار کی سرخیاں ایک کے بعد دیگرے اس کی نظروں سے گزرنے لگیں ـــ دو سیاروں کے درمیان ٹکراؤ۔ اس خبر پر

وہ ٹھٹھک گئی جانے کیوں اس کے پپڑی جمے ہونٹوں پر مسکراہٹ ابھر آئی۔ آسمان پر ٹکراؤ، زمین پر ٹکراؤ، سمندر میں ٹکراؤ وہ ہنسنے لگی۔ آخر اماں کہاں لے گی ——— ؟

پھر ایک بار اس کے ذہن نے جست لگائی۔ ٹکراؤ کے بھی دو پہلو ہوتے ہیں۔ مثبت اور منفی۔ پتھروں کے درمیان ٹکراؤ کا نتیجہ آگ ہے۔ مرد و زن کے درمیان ٹکراؤ تخلیق کا سبب ہے۔ ذہنوں کا ٹکراؤ انقلاب لاتا ہے۔ سمجھوتے کا احساس ٹکراؤ کے بعد ہی تو جاگتا ہے۔ جنگ کے بعد امن کا۔ دشمنی کے بعد دوستی کا، بیماری کے بعد تندرستی کا، نفرت کے بعد محبت کا، بھوک کے بعد روٹی، اندھیرے کے بعد اجالے کا۔ غلامی کے بعد آزادی کا، غربت کے بعد ثروت کا ——— پھر لوگ اس مثبت پہلو کو کیوں نظر انداز کر دیتے ہیں۔ اگر ٹکراؤ کا یہی انداز رہا تو دنیا پاش پاش ہو جائے گی۔ زندگی کی دھجیاں بکھر جائیں گی۔ اس کی نظروں نے دیکھا بوسینا میں انسانیت کیسے پامال ہو رہی ہے۔ لاشوں کے انبار میں اقتدار کا ناگ پھن اٹھائے بیٹھا ہے۔ قتل و غارت گری، انسانی اعضا کا بکھراؤ، عصمت کی پامالی، درندگی کا ناچ، بیوگی کا راج، یتیمی کے پل صراط، کونپل پھوٹنے سے پہلے روندا جا رہا ہے۔

اس نے جھرجھری سی لی۔ ٹانکے ابھی تازہ ہی تھے درد کی ایک لہر ابھری: مجھے یہاں کون لایا ——— ؟" اس نے نرس سے سوال کیا۔

ایک انسان ———!" نرس نے مختصر سا جواب دیا مگر اس اختصار میں بڑی طوالت تھی پھر ایک بار وہ خیالات کے پنکھ لگائے اڑنے لگی۔

انسان ——— کیا ہوتا ہے یہ انسان ——— گوشت و پوست کا پیکر چند حواس خمسہ کا مجموعہ، پھر اس کی نظر میں وہ منظر گھوم گیا۔ جب دو فرقوں کے درمیان ٹکراؤ ہوا تھا۔ وہ بھی تو انسان تھے جنھوں نے ایک دوسرے پر چاقو اور تلوار سے حملے کیے۔ ایک دوسرے کا خون بہایا۔ آگ لگائی۔ لوٹ مار مچائی آہ و بکا کا طوفان اٹھایا۔ مارنے والے

کبھی انسان ——— مرنے والے کبھی انسان اس نے گردن جھٹک دی۔ زخم جیسے ہرے ہو گئے۔ کچھ دیر کے لیے اس پر جھنجھلاہٹ سی طاری ہو گئی۔ اس نے اپنی مٹھیاں کس لیں چہرے کا رنگ شفق میں ڈوب گیا اور ذہن میں ٹکراؤ۔ ٹکراؤ کی صدائیں گونجنے لگیں۔

وہ ایک جست میں بستر سے اٹھ بیٹھی۔ اس کے وارڈ کا دروازہ کھلا ایک ادھیڑ عمر کا شخص اندر داخل ہوا۔ چہرے پر آفتاب کی سی تمازت، ماہتاب کا اُجلا پن اور بہاروں کا نکھار، پتلون اور شرٹ میں ملبوس وہ اس کے قریب پہنچا۔ آنکھوں پر چشمہ چڑھا تھا۔ اندر سے اُلفت کے دو پیمانے چھلک رہے تھے۔

اب کیسی ہو بیٹی ——— !!" آنے والے نے سوال کیا۔ اس مشفقانہ انداز پر اسے تسلی ہوئی۔ جواب میں اس نے گردن ہلا کر اشارہ کیا کہ وہ بہتر ہے۔

"گھر چلو گی ———!" اس شخص نے دوسرا سوال کیا۔ گھر کے نام پر وہ چونک اٹھی۔

امی، شوکت اور فریش کے چہرے نظروں میں گھوم گئے۔ ٹرین کا ٹکراؤ اسے یاد آیا۔ اس کا اپنا اب کوئی گھر ہی نہیں تھا۔ رشتوں کی پناہ گاہ کا نام ہی تو گھر ہے۔ جب رشتے باقی نہ رہیں تو پھر گھر کا وجود بے معنی سا لگتا ہے۔

"کون سا گھر ———؟ اس کے لب ہلے

"اپنا گھر ———" اس شخص کے ہونٹوں پر مسکراہٹ کے اجالے بکھر گئے

"اپنا ———" اس نے سوالیہ نگاہوں سے اسے دیکھا۔

"ہاں اپنا ——— تمہیں کچھ شک ہے ———؟" اس شخص کے لہجے میں بڑی گہرائی تھی۔

"آپ کون ہیں ——— اس نے پوچھ ہی لیا ———

"ایک انسان ———" نرس والی بات دہرائی گئی۔

"اور میں ـــــ ؟ اس نے پھر دوسرا سوال کیا۔

"تم بھی ایک انسان ہو ـــــ" جواب ملا۔

اس کا ذہن پھر ایک بار قلا بازیاں کھانے لگا۔ انسان اور انسان کا ٹکراؤ۔ اس کا انجام بھلا کیا ہو سکتا ہے۔

پھر اسے مندر و مسجد کا ٹکراؤ یاد آ گیا۔

"مگر ـــــ مگر میں آپ کو نہیں جانتی ـــــ اس نے بے تعلقی سے کہا۔

"میں تمہیں اس وقت سے جانتا ہوں جب سے یہ دنیا بنی ہے۔" اس شخص کے جواب میں بڑا اطمینان تھا۔

وہ اجنبیت کے اس ٹکراؤ پر غور کرنے لگی۔ اس کے دل میں اپنائیت کا جذبہ بیدار ہوا شاید یہ اسی ٹکراؤ کا اثر تھا۔ وہ بستر سے اٹھ بیٹھی۔ صبح کا تازہ دم سورج بڑی شان سے اجالے بکھیر رہا تھا۔ اس کے ذہن سے اندھیروں کی پرت سرکتی محسوس ہوئی۔ وہ آہستہ آہستہ بالکونی کی طرف بڑھی۔ تاکہ اپنی گہری نیند کے سحر کو توڑے۔ بالکنی سے نیچے اس نے جھانکا۔ دور کچرے کے ڈھیر میں دو وجود کچھ تلاش کرتے نظر آئے۔ اس نے آنکھیں مل کر دیکھا ـــــ ایک انسان تھا اور دوسرا حیوان ـــــ بھلا یہ کیسا ٹکراؤ ہے۔ کوڑے کے اس انبار کے درمیان بھرپور کثافت کی موجودگی میں ایک شخص بڑے اطمینان سے ایک کتے کے ساتھ روٹی کھا رہا تھا۔ دونوں کے درمیان مکمل ہم آہنگی، صلح کل اور گمبھیر سمجھوتہ دکھائی دے رہا تھا۔ وہ اس منظر کا بھرپور جائزہ لے رہی تھی۔ اس کے پورے حواس بیدار ہو چکے تھے۔

وہ گہری نیند سے جاگ چکی۔ سوچنے لگی جو روٹی دو انسانوں کے درمیان دشمنی کا سبب ہے وہی ایک جانور اور انسان کے بیچ دوستی بن سکتی ہے۔ ایک سوال اس کے ذہن نے کیا۔

انسان اور حیوان کے بیچ صُلح، مفاہمت دوستی اور ہم آہنگی کا جذبہ تو پھر انسان اور انسان کے درمیان نفرت یہ عداوت کیوں ــــــــــ؟ یہ ٹکراؤ کیوں ــــ اس نے پیچھے مڑ کر دیکھا وہی شخص اس کے سر پر ہاتھ پھیر رہا تھا۔ اس کے ہونٹوں پر مسکراہٹ بدستور قائم تھی۔ آنکھوں میں محبت کے دیے جل رہے تھے۔ جانے وہ، وہ کون سا جذبہ تھا جس کے زیر اثر وہ اس شخص کے سینے سے لگ گئی۔ اور اس کی آنکھوں میں امید کے اجالے بکھر گئے۔ شاید یہ انسان اور انسانیت کا ٹکراؤ تھا۔

کرچیاں

ہال اگرچہ وسیع بہت تھا۔ لیکن لوگوں کے ہجوم سے تنگیٔ داماں کا شکوہ کر رہا تھا۔ سبھی اپنی جگہ خاموش بیٹھے تھے۔ لیکن سرگوشیاں جاری تھیں یا پھر کبھی کسی کے کھانسنے یا کھنکھارنے کی آواز۔

شہر کے نامور ادیب، شاعر، صحافی اور دوست احباب کی کثیر تعداد تھی۔ ڈائس پر چند کرسیاں اور ایک بڑا سا میز تھا۔ اسٹیج کی دیوار پر ایک پردہ ٹنگا ہوا تھا جس پر جلی حروف میں کچھ الفاظ لکھے تھے۔

وہ بھی ہال میں داخل ہوا۔ ایک اچٹتی سی نگاہ سے اس نے سارے ماحول کا جائزہ لے لیا۔ سبھی اس کے اپنے یہاں موجود تھے۔ لیکن کوئی بھی اس کی طرف توجہ نہیں دے رہا تھا۔ تبھی اس کی نظر کرسیوں کی پہلی قطار میں بیٹھی رابعہ اور فرحان پر پڑی۔ اس کے چہرے پر اداسی کا دھواں پھیلا ہوا تھا۔ ہونٹوں پر تلخیٔ حیات کی وجہ پپڑیاں سی جم گئی تھیں۔ گالوں کی شفق غم کی سیاہی میں بدل گئی تھی۔ اور آنکھوں کے کنول مرجھا گئے تھے۔ وہ دکھ کی سیاہی میں ڈوبا ہوا ایک لفظ بن گئی تھی۔ اس کا دل تڑپ اٹھا۔ تیزی سے وہ اس کے قریب گیا۔ اور قبل اس کے کہ وہ کچھ کہتا خاموشی میں ابھرتی ایک آواز نے

اس کے قدم پکڑ لیے۔

معزز حاضرین! آج ہم سب یہاں اکٹھا ہوئے ہیں مرحوم شکیب ریحان کو فراجِ عقیدت پیش کرنے۔ اگر چہ وہ آج ہم سب میں موجود نہیں مگر اس کی یادیں آج بھی ہمارے ساتھ ہیں وہ سادگی کا پیکر اور حسنِ اخلاق کا نمونہ تھا۔ اس کی مسکراہٹ زمانے بھر کی تلخیوں کا آسودہ عکس تھی۔ وہ ایک اچھا شاعر، حساس ادیب اور ذہین صحافی ہی نہیں بلکہ ایک بے مثال دوست بھی تھا۔ آج ہم سب اس کی یاد منانے آئے ہیں۔ سب سے پہلے میں مدعو کرتا ہوں جناب احسن نواز خاں صاحب کو جن کے ساتھ مرحوم نے اپنی ادبی زندگی کا آغاز کیا تھا۔"

اس اعلان کے ساتھ ہی احسن نواز خاں سیاہ شیروانی میں ملبوس، سنہری فریم کا چشمہ لگائے اسٹیج پر تشریف لائے۔ مائیک سنبھالا اور کھنکھنار کر آواز صاف کی۔ سامعین پر ایک نگاہ ڈالی پھر مرحوم کی تعریف میں رطب اللسان ہوئے۔ آخری جملے ادا کرتے ہوئے ان کی آواز بھرا گئی۔ جیب سے دستی اور آنکھوں سے چشمہ نکالا۔ دو نمکین بوندوں کو اس میں جذب کر لیا اور واپس اپنی جگہ آکر بیٹھ گئے۔

وہ اس ماحول میں خود کو بڑی دیر سے اجنبی محسوس کر رہا تھا۔ ایک لفظ بھی اس کے پلے نہیں پڑ سکا۔ تبھی چند اور لوگ ڈائس پر آئے جن میں کچھ شاعر تھے کچھ ادیب اور کچھ مخلص دوست۔ ایک کے بعد دیگرے تقریریں ہوتی رہیں۔ وہ احمقوں کی طرح سارے ماحول کا جائزہ لیتا رہا۔ اسے بڑی اکتاہٹ سی ہو رہی تھی۔ وہ سوچ رہا تھا آخر وہ کیوں ایسی غمزدہ محفل میں چلا آیا۔ جہاں دکھاوا ہی دکھاوا تھا۔ ایک لفظ بھی ایسا نہ تھا جو سچائی

کی زبان سے نکلا ہو۔ ورنہ سچائی تو خون کے آنسو رلا دیتی ہے وہ اسی تذبذب کے عالم میں دروازے کے قریب پہنچ گیا۔ مگر ایک مانوس سی آواز نے اسے چونکا دیا۔

شکیب ان دوستوں میں سے تھا جو دوستی کو اپنا ایمان سمجھتے ہیں بے غرض و بے نیاز، مخلص و بے مثال۔ زندگی کا زہر جس نے چپکے چپکے پی لیا اور کسی کو خبر بھی نہ ہوئی۔ کسی بوسیدہ دیوار کی طرح اس کا دل اندر ہی اندر بیٹھتا رہا۔ مگر اس کی پرسکون مسکراہٹ جینے کا راز سمجھاتی رہی۔ ہر تلخیٔ حیات کو اس نے بڑی شان بے نیازی سے جھیل لیا۔ کسی کے آگے دست سوال دراز نہ کیا۔ کسی کے احسانوں کا بوجھ اس نے نہیں اٹھایا۔ کسی کی لفظی ہمدردی کی طرف اس نے توجہ نہیں دی۔ وہ غموں کے لشکر میں اکیلا و تنہا سپاہی تھا نہ جس کی جبین پر خون تھی اور نہ جس کا جسم گھائل تھا بیابانِ حیات میں وہ مسکراہٹ کے پھول بکھیرتا آگے بڑھ رہا تھا۔ شورش روزگار نے اسے پسپا نہیں کیا وہ ہر حملے کا جواب مسکراہٹ سے دیتا تھا۔ اس کی مسکراہٹ نے زندگی کو جیت لیا تھا۔ اور موت اس سے شرمندہ ہو گئی۔ اتنا کہتے کہتے مقرر کی آواز رندھ گئی اور آنکھیں آنسوؤں سے لبریز۔ وہ دوڑ کر اس کے قریب پہنچا کہ اسے گلے لگا لے کیوں کہ اس محفل میں اسی نے تو بیدردی کہا تھا۔ پھر اچانک ہی اس کی نظر رابعہ کی طرف اٹھ گئی۔ فرحان مچل رہا تھا اور وہ اسے بہلا رہی تھی۔ صرف اس کے رونے کی آواز محفل کو مرتعش کر رہی تھی۔ یوں لگتا تھا۔ جیسے ایک معصوم بچے کا اپنے باپ کے لیے خراج عقیدت ہو۔ اس کے آنسو یقیناً صاف اور شفاف تھے۔ جیسے آبدار موتی۔ تبھی کنوینر جلسہ نے اعلان کیا

جو رقم مرحوم کے نام فنڈ کی شکل میں جمع کی گئی ہے اسے اس کی بیوہ کے حوالے کیا جائے گا۔

اس اعلان کے ساتھ ہی رابعہ ننھے فرحان کو لیے اسٹیج کی طرف بڑھی۔ اس کا دل چاہا وہ دوڑ کر رابعہ کے قریب جائے اور اس کا ہاتھ پکڑ کر اسٹیج سے اتار دے مگر بھری محفل میں وہ یہ بھی نہ کر سکا۔ تلخ گھونٹ پی کر اس نے ایک افسردہ سی نگاہ اٹھائی۔

رابعہ اب اسٹیج پر تھی صدر جلسہ نے پندرہ ہزار روپیوں کا ایک چیک رابعہ کے حوالے کیا۔ رابعہ نے ہاتھ بڑھا کر وہ چیک لیا۔ الٹ پلٹ کر اسے دیکھا اور مسکراہٹ اس کے لبوں پر کھیل گئی۔

"اگر مجھے اجازت دی جائے تو میں آپ سے کچھ کہنا چاہوں گی۔" کانپتے ہونٹوں سے لرزتے جملے اس نے ادا کیے۔ لوگ یوں خوفزدہ ہو گئے جیسے کسی نے ہال میں بم رکھنے کی اطلاع دی ہو۔ رابعہ نے فرحان کو اپنے بھائی کے حوالے کیا اور خود مائک کے قریب چلی آئی۔

حاضرین جلسہ پر ایک نگاہ ڈالی اور پھر اس کی جانب دیکھا۔ ایک پل کے لیے وہ بھی دوڑ کر اس کے قریب چلا آیا۔ دونوں کی نگاہیں ایک دوسرے میں جیسے پیوست ہو گئیں اور پھر رابعہ کے لب کھل گئے۔

"محترم صدر جلسہ! حاضرین کرام! آپ سب نے جس انداز میں میرے مرحوم شوہر کو خراج عقیدت پیش کر کے اپنے خلوص کا اظہار کیا ہے۔ اس کے لیے میں ممنون و مشکور ہوں۔ مجھے آپ سے کچھ عرض کرنا ہے۔"

ہال میں سناٹا پھر ایک بار چھا گیا۔ سبھی ہمہ تن گوش ہو گئے۔

"یہ کاغذ جو میرے ہاتھ میں ہے اس کی قیمت پندرہ ہزار روپیے ہے۔ یوں سمجھیے کہ زندگی کے گال پر ایک بھرپور طمانچہ ہے کیوں کہ وہ زندگی جس نے کاغذ کے ان پرزوں کے لیے خودداری نہیں بیچی۔ اپنا دست سوال نہیں کیا تو کیا آج اس کی موت نے یہ خودداری خریدلی ——"

"نہیں —— ہرگز نہیں میں ایک خوددار انسان کی بیوی ہوں جس نے اپنی محنت پر اپنا حق اور اپنی مصیبت کو اپنا مقدر سمجھا میں منتظمین جلسہ سے درخواست کرتی ہوں کہ وہ اس رقم کو کسی یتیم خانے میں دیدیں گا۔ اور میرے لیے اپنی گذر بسر کی خاطر کسی روزگار کی فراہمی کردیں۔ جو انسان کی زندگی میں ہونی چاہیے موت کے بعد یہ حسین خراج نذر کی شکل میں ملے اس سے بڑھ کر زندگی کی شکست اور کیا ہوگی ——"

اس نے چیک صدر جلسہ کے حوالے کیا اور خود ڈائس سے اتر گئی۔

وہ اس کے روبرو کھڑا ہوگیا۔ تابناک مسکراہٹ ہونٹوں پر سجائے رابعہ اس سے لپٹ گئی۔ ایک زندہ پیکر نے مردہ پیکر میں جان ڈال دی موت جیت کر بھی ہار گئی۔ زندگی مٹ کر بھی ان مٹ رہی اور پھر وہ اپنی مخصوص مسکراہٹ ہونٹوں پر سجائے ہال کے باہر نکل گیا۔ یہ تو وہی تھا جس کے لیے یہ اہتمام کیا گیا تھا شکیب ریحان ——

جو مرچکا تھا دنیا کے لیے مگر زندہ رہا اصول کی طرح رابعہ کے لیے ایک آئینہ کی طرح جو اگرچہ ٹوٹ چکا تھا مگر جس کی کرچیاں احساسات میں پیوست ہورہی تھیں۔

ویراں ہے میکدہ

میں نے کال بیل پر انگلی رکھی اور چند ہی لمحوں بعد اندر سے ایک مترنم سی آواز آئی "اندر آئیے۔" میں نے دروازہ ہلکے سے ڈھکیل دیا۔ اب میں ایک آراستہ ڈرائینگ روم میں تھا۔ خوشنما پردے شاندار صوفہ سیٹ دیواروں کے کناروں پر رکھے بڑے بڑے گلدان، دبیز قالین، چھت پر لٹکتا ہوا فانوس جو ہوا کے جھونکوں پر جلترنگ بجا رہا تھا دیوار پر ایک جانب مرزا غالب کی قدآدم تصویر، دوسری جانب عمر خیام کی رباعی تصویر کے ساتھ تھی۔ اور کھڑکی کے اوپری حصہ پر ایک خوب صورت پینٹنگ۔ ایک لمحے کے لیے میں نے سوچا یہ جنت ارضی ہے اور نہ جانے میں کہاں کھو گیا۔ ایک رس گھولنے والی آواز نے مجھے تصور سے حقیقت کی دہلیز پر لا کھڑا کیا۔

"تشریف رکھیئے۔" اب میں نے جو نظر ڈالی تو بس دیکھتا ہی رہ گیا۔ مرزا غالب کا دیوان، عمر خیام کی رباعی، مصور کی پینٹنگ جیسے ایک پیکر میں ڈھل گئی۔ سراپا گلشن ہی گلشن، زلفیں کاندھوں پر جھکی ہوئیں، گلابی دوپٹہ فرش کو چھوتا ہوا اس کے گلابی قدموں پر نچھاور ہو رہا تھا۔ سنگِ مرمر پر گلاب کی دو کلیاں ان کے درمیان موتیوں کی قطار، ستواں سی ناک میں جگمگاتی ہیرے کی کیل، شفاف پیشانی پر الجھی ہوئی شریر لٹ اور ان سب سے زیادہ متاثر کرنے والے دو

بڑے بڑے پیمانے جن میں گلابی ڈورے پڑے تھے۔میکدہ ہی میکدہ تھی وہ آنکھیں۔ میں ان میکدوں میں جیسے ڈوب سا گیا۔

"فرمائیے۔" مندر کی گھنٹیاں بج اٹھیں۔

"مم ۔ ۔ ۔ ۔ ۔ میں آفتاب ہوں۔" میں بڑی مشکل سے کہہ سکا۔

"جانتی ہوں ــــ"

"سحر سے ملنے آفتاب ہی آسکتا ہے۔" وہ مسکرا پڑی۔

"جی ـــــ میں سمجھ نہ پایا۔

ڈیڈی نے مجھے بتایا تھا کہ آپ آنے والے ہیں۔

"اوہ ــ" میں نے لمبی سانس لی۔ میں جلد آنا چاہتا تھا مگر۔۔۔ بس نہ مل سکی" اُس نے جملہ مکمل کر دیا۔ اور میں ان میکدوں کے جام پینے لگا۔

"منّی۔ چائے لے آنا۔ اُس نے آواز دی

"اس تکلف کی کیا ضرورت ہے۔ میں تو دراصل اس اگریمنٹ کو آپ کے حوالے کرنے آیا تھا۔ میں نے کہا۔

"ٹھیک ہے اسے ٹیبل پر رکھ دیجئے۔ غالباً آپ نے تمام شرائط پڑھ لی ہوں گی۔" وہ دوپٹے کو اپنی انگلیوں پر لپیٹتے ہوئے کہہ رہی تھی۔

"جی ۔ ۔ ۔ ۔ ۔ جی ہاں۔" میرا حلق تر ہو رہا تھا اور میں جانے کیوں لڑکھڑانے لگا۔

"مجھے اُمید ہے کہ آپ دوسرے کرایہ داروں کی طرح تنگ کریں گے۔

ڈیڈی تو کرایہ دار ایسا چاہتے ہیں جیسے کہ اپنا ہی کوئی ہو۔ مگر لوگ اس کا غلط مطلب نکال لیتے ہیں۔ کبھی آئے دن کی فرمائشیں، وقت پر کرایہ کی ادائیگی سے تامل، بے مروتی

لائٹ اور تیل کا خرچہ، آدھی آدھی رات کو بے وجہ گانا، فون کے لیے بار بار کھٹکے مارتا بہر کیف ڈیڈی تو مکان کرایے پر دینا بھی نہیں چاہتے تھے ہمارے اصرار پر دو سال بعد اب یہ آپ کے حوالے ہوا ہے۔ اس روم سے ملحقہ کمرہ ہی آپ کو دیا جا رہا ہے تاکہ گھر کا بٹوارہ نہ ہو، یکسانیت ہمار ہے۔" وہ کہہ رہی تھی اور میں ایک رند بے پرواہ کی طرح دیر میکدہ پر بڑھا جا رہا تھا۔ دفعتاً چائے کی پیالی کی کھنکھناہٹ نے مجھے چونکا دیا۔

"لیجئے چائے ٹھنڈی ہو رہی ہے۔" اس نے کہا۔

"اور آپ۔۔۔" میں نے منّی کے ہاتھ سے پیالی لیتے ہوئے کہا۔

"شکریہ" میں پی چکی۔ اُس کی نظریں جھکی ہوئی تھی اور میں چائے پی رہا تھا۔ گویا شراب دو آتشہ کا مزہ لے رہا تھا۔

"منّی صاحب کو ان کا کمرہ دکھاؤ اور سامان رکھوا دینا۔" اس نے منّی کو آواز دی۔ اور میں چائے کی پیالی رکھ کر کھڑا ہو گیا۔

مجھے اس گھر میں آئے پورا ایک ہفتہ گذر چکا تھا لیکن اس مدت میں صرف ایک بار مجھے اس کے دیدار نصیب ہوئے اور وہ بھی اس وقت جب وہ اپنے گھر کے کھلے آنگن میں بال سکھا رہی تھی۔ چمکیلی دھوپ میں زلفوں کے یہ سرمئی بادل میرے دل پر برس برس گئے۔ میں اس کی ملازمہ منّی کو ہموار کرنے کی کوشش میں تھا کہ اس تک رسائی ہو سکے۔ کیوں کہ منّی ہمہ وقت اسی کے ساتھ رہتی۔ خاں صاحب صبح سویرے جاتے اور رات دیر گئے لوٹتے۔ تب تک وہ اور منّی دونوں ہی اکیلے رہتے۔

ایک بار ایسا اتفاق ہوا گیا میں باہر جانے کی غرض سے تیار ہوا اور سیدھے منّی کے پاس چلا آیا۔

"منّی تمہاری بی بی جی کہاں ہیں۔ انھیں یہ چابیاں دینی ہے۔" میں نے بہانا تراشا۔

"آئیے ——" وہ مجھے اپنے ساتھ اس کے کمرے میں لے آئی۔ وہ بستر پر دراز تھی سیاہ ریشمیں زلفیں تکیے پر بکھری ہوئی تھیں۔ ہلکے نیلے رنگ کے نائٹ گون میں وہ کوئی اپسرا لگ رہی تھی۔ اس کی آنکھیں بند تھیں ٹیپ ریکارڈ بج رہا تھا جگجیت سنگھ کی مخصوص آواز فضا میں رس گھول رہی تھی۔

ٹکرا ہی گئی میری نظر اُن کی نظر سے
دھونا ہی پڑا ہاتھ مجھے قلب و جگر سے

میں اس آواز اور حسین منظر کے طلسم میں کھو کر "واہ"، کہہ اُٹھا اس کی بند آنکھیں کھل گئیں اور میرے لبوں سے بے ساختہ یہ شعر مچل گیا۔

کون اٹھا یہ آنکھیں مل کے
جھیل میں کھل گئے پھول کنول کے

"آپ" میری آواز پر وہ اُٹھ بیٹھی، اس نے ٹیپ بند کر دیا۔

"شاعری اور موسیقی سے شاید آپ کو بھی لگاؤ ہے" ۔ اس نے پوچھا۔

"فطرتاً حُسن پرست ہوں اچھی شئے کو دیکھ کر اچھے شعر پڑھ لیتا ہوں اور موسیقی سے مجھے پیار ہے۔"

"اور تشریف رکھئے۔ کہئے کیسے آنا ہوا۔" اُس نے بال یکجا کرتے ہوئے کہا۔

"میں باہر جا رہا ہوں سوچا کمرے کی چابی آپ کے حوالے کرتا جاؤں۔"

"کسی پر اتنا اعتبار ٹھیک نہیں ——" وہ مسکرا کر مجھے دیکھے جا رہی تھی اور مجھے واعظ کی توبہ توڑنے والی بات یاد آگئی۔

"اعتبار پر تو زندگی چلتی ہے مس ـ ـ ـ ـ ـ" میں رک گیا میں اس کے نام سے ناواقف تھا۔

"مجھے سحر کہتے ہیں۔" جانے کیوں ایک سرد آہ گلابی کلیوں پر لرز کر رہ گئی۔

"آپ تنہا رہتی ہیں۔" میں نے پوچھا۔

"نہیں تو ـــــ ڈیڈی اور مُنّی میرے ساتھ جو ہیں۔ ڈیڈی کہیں باہر چلے جاتے ہیں تو میں اکیلاپن محسوس کرتی ہوں، یہ ٹیپ ریکارڈ، یہ کتابیں میری مونس و دمساز ہیں۔"

"آپ کو مطالعہ کا شوق ہے ـــــ؟" میں نے سوال کیا۔

"مطالعہ کا ـــــ" وہ رک گئی پھر کہہ اُٹھی "۔ ہاں مُنّی مجھے سناتی ہے مجھے صرف سننے کا شوق ہے پڑھنے کا نہیں ہے نا۔ مُنّی۔ اُس نے پوچھا۔

"ہاں بی بی جی۔ آپ صاحب سے بات کیجئے میں کافی لے آتی ہوں۔" جانے کیوں مُنّی اداس ہو کر اُٹھ گئی۔ مجھے تو بیٹھنے کا موقع ہی ہاتھ آیا۔

"آپ چاہیں تو میں آپ کو ہر روز اچھی اچھی کتابیں لا دوں گا۔"

"میں نے کہا نا مجھے سننا پسند ہے پڑھنا نہیں۔" اُس نے آنکھیں بند کر کے کہا۔

"کیا میں آپ کو سناتا رہوں تو آپ سننا گوارا کریں گی۔" میں نے ہمت کر کے پوچھ ہی لیا۔

"جی ــــ جی ہاں" وہ کہہ اُٹھی۔

"تو سنئے۔ گستاخی نہ ہو تو ایک شعر نذرِ خدمت کروں۔" میں خوشی سے جھوم اُٹھا۔ حُسن کی یہ التفات میرے لیے گوہرِ نایاب تھی۔ اس نے بڑے دلکش

انداز سے سر کو جنبش دی اور میرے لب کھلے۔

ہم نے پالا مدتوں پہلو میں ہم کچھ بھی نہیں
تم نے دیکھا اک نظر اور دل تمہارا ہو گیا

اُس کے پلکوں کی چلمن جھلملانے لگی۔

"شعر اچھا تھا۔" اُس نے کہا۔

"سنیے ایک اور عرض ہے۔"

تیری آنکھیں بھی مانگتی ہیں شراب
میکدے خود بھی جام پیتے ہیں!

اس بار میں نے اس کی آنکھوں میں آنکھیں ڈالیں تاکہ اپنے لیے اقرارِ محبت دیکھ سکوں مگر اس نے نظریں جھکا لیں اور بے ساختہ کہہ اُٹھا۔

کافر تیری آنکھیں ہیں یا حسن سے مخمور
تھوڑی سی محبت کی شراب اور پلا دے

اس عرصے میں مُنّی کافی لا چکی تھی اور بات وہیں کی وہیں رہ گئی۔ میں کافی پی کر باہر نکل گیا۔

اب یہ میرا روز کا معمول تھا میں اسے کتابیں لا کر دیتا۔ ایک دن ہمت کر کے میں نے ایک پرچہ اس کتاب میں رکھ دیا اور جواب کا بے چینی سے منتظر رہا مگر جواب نہ آیا۔ میں نے ہمت نہ ہاری ہر کتاب میں نامۂ محبت بھیجتا رہا۔ ایک شام عجیب حادثہ ہو گیا۔ شام سے ہی گھٹائیں گھِر کے آ رہی تھیں۔ ہوائیں تیز تیز چل رہی تھیں۔ ہلکی سی بوندا باندی تھی۔ سورج ڈوب چکا تھا۔ سرمئی اندھیرا پھیل رہا تھا۔ تبھی تیز ہوا کے ساتھ بارش کا زور شروع ہو گیا۔ کمرے کی لائٹ بند ہو گئی اور جیسے گھٹا ٹوپ اندھیرا چھا گیا۔ میں مُنّی سے موم بتی مانگنے

اندر چلا گیا۔ کمرے سے چند قدم آگے بڑھتے ہی میں جیسے پھولوں کے کسی کنج میں کھو گیا۔ عجیب مدہوش کن خوشبو تھی پھر جیسے برقی رو کا جھٹکا مجھے لگا۔ چند ریشمی زلفوں کا آبشار میرے شانوں پر گرتا ہوا محسوس ہوا اور میرا ہاتھ گوشت پوست کے مجسمے سے ٹکرا گیا۔

"کون ـــــ ؟" اندھیرے میں بھی ہوئی آواز میں پہچان گیا۔

"میں ہوں ـــــ" میرے منھ سے دبی ہوئی آواز آئی۔ سناٹے میں دل کی دھڑکن بڑھ چکی تھی۔ دفعتاً بادل گرج اٹھا اور وہ مجھ سے بے اختیار لپٹ گئی۔ چند لمحے یونہی گذر گئے۔ پھر اندھیرے میں ہی منّی کی آواز آئی۔

"بی بی جی وہیں ٹھہریئے' میں ٹارچ لا رہی ہوں۔ بڑا اندھیرا ہے۔ اس آواز پر میں چونک گیا۔

"لائٹ کب گئی ـــــ ؟ اس نے دھیمے سروں میں مجھ سے پوچھا۔

"بس کچھ ہی دیر پہلے۔ لیکن اس اندھیرے میں آپ کا وجود کسی نور سے کم نہیں۔ بے اختیار میں نے کہا۔

"شب میں تلاش سحر ـــــ یہ کیسے ممکن ہے۔" اس کا جواب آیا۔

"دل کو جلا کر ہم سحر کو پائیں گے۔" میں نے کہا۔

"اور جو سحر اُجالا نہ دے سکے تب ـــــ ؟

"یاد کو شمع بنا کر نقشِ قدم ڈھونڈ لیں گے۔

"اور جو نقشِ قدم نہ ملے تب ـــــ ؟"

"تب تو ہر ذرہ قابلِ پرستش رہے گا۔ کیا پتہ کس جگہ نقشِ پا رکھا ہو۔"

"اس لاحاصل تلاش کا مقصد ـــــ ؟

"محبت' پیار' وفا اور پھر قربانی۔"

"راہ کٹھن ہے منزل دور ہے۔ تنگئ وقت کا رونا بھی ہے کیسے آگے بڑھا جائے گا؟"

"حوصلہ اور امید پیار کی ناؤ کے پتوار ہیں۔"

"کہیں طوفان گھیرے پھر ــــــ؟"

"پھر تو ــــــ پھر تو یہی کہیں گے ہے

یہی بہت ہے کہ تم دیکھتے ہو ساحل سے

سفینہ ڈوب رہا ہو تو کوئی بات نہیں

یہ صرف وعدۂ باطل ہے۔" معصوم سی آواز اس کے لبوں پر آئی۔

"آزما لو ــ" میں نے اندھیرے میں ہی اس کا ہاتھ تھاما۔

"حقیقت کا سامنا نہ کر پاؤ گے ـ"

"جذبۂ ہمت مجھ میں پنہاں ہے۔"

"لیکن سچائی بڑی تلخ ہے۔ تمہارا حسین تخیل شاید اس آئینے سے ٹکرا کر چور چور ہو جائے۔"

"لہولہان ہو کر بھی مسکراؤں گا۔"

"بعض لمحات زندگی میں ایسے بھی آتے ہیں جب انسان کو دل سے نہیں دماغ سے کام لینا پڑتا ہے۔"

"ہر صورت میں فیصلہ وہی رہے گا۔"

"جاننا چاہو گے سچائی ــــ" اس نے سوال کیا۔

"ہاں ـ" میں نے پر اعتماد لہجے میں کہا۔

"تو پھر میری سالگرہ کا انتظار کرو۔ اس کا جملہ پورا بھی نہ ہونے پایا کہ جائے آ گئی۔ میں سنبھل کر بیٹھ گیا۔ ممی بھی آ چکی تھی۔ بات آئی گئی ہو گئی اور

جب میں اپنے کمرے کو واپس جا رہا تھا تب میں نے روشنی کے سایوں میں میکدوں سے جام چھلکتے دیکھا۔

آخر کار وہ دن آ ہی گیا جب میرا امتحان تھا میں نے اس کی سالگرہ پر دینے کے لیے ایک بے حد حسین پینٹنگ خریدی تھی۔ ساقی جام و مینا اور رند بلانوش کا عکس تھا اس کے نیچے چند اشعار تھے۔

پارٹی شروع ہو چکی تھی ڈرائینگ روم مہمانوں سے بھرا ہوا تھا۔ میں دروازے کے قریب ہی اپنا تحفہ ہاتھوں میں لیے خان صاحب کے بازو کھڑا تھا۔ جانِ محفل کا سب کو انتظار تھا۔ ستاروں کی اس انجمن میں ماہتاب ابھی جلوہ گر نہیں ہوا تھا۔ میرا اضطراب بڑھ رہا تھا بے چینیوں نے سر ابھارنا شروع کیا۔ دھیمے سروں میں ٹیپ بج رہا تھا۔ مہدی حسن کی آواز فضا کو گرما رہی تھی ے

بہت خوب صورت ہے میرا صنم
خدا ایسے مکھڑے بناتا ہے کم

اور ـــــ اور پھر جیسے شعلہ سا لپک گیا۔ بجلی سی کوندگئی۔ طوفان سا اُٹھ گیا ـــ گھپ اندھیرے میں ستارہ چمک اُٹھا۔ گلاب کی بند کلیاں ایک ساتھ چٹک گئیں وہ آگئی تھی۔ شفق کے رنگ میں ڈوبی ساری پہنے جیسے طلوعِ سحر اور ڈوبتی شام کا حسن سمٹ کر اس کے پیکر میں ڈھل گیا ہو، کاندھوں پر جھلکی زلفیں ناگ بنی اس کی محافظ تھیں۔ ہونٹوں پر لالی اور آنکھیں ـــــ بس۔ شاید قدرت نے بڑے اطمینان سے انھیں بنایا تھا۔ بادام سے اس کی تراش، نرگس سے نیم خوابی شراب سے مستی، بجلی سے تڑپ، ستاروں سے ضیاء، شب سے سیاہی، سحر سے اجالا، جیسے زندگی ہی زندگی۔ میکدہ ہی میکدہ تھیں وہ آنکھیں۔ محفل میں مبارکباد کا شور مچ گیا اور وہ مجھے دیکھے جا رہی تھی۔ میں فاتحانہ انداز میں آگے بڑھا۔

خاں صاحب اس کے قریب پہنچے۔ ٹیبل پر ایک بڑا سا کیک رکھا تھا۔ خاں صاحب نے قریب جاکر اس کا ایک بازو تھاما۔ منی دوسری جانب اس کا بازو تھامے کھڑی تھی۔ دونوں آگے بڑھے۔ میرے بڑھتے ہوئے قدم ٹھٹھک گئے۔ خاں صاحب نے سحر کا ہاتھ پکڑا چھری تھمائی اور کیک کٹوایا۔ تالیاں بج رہی تھیں اور میں سوچ رہا تھا وہ خود سے کیک کیوں نہیں کاٹ سکی۔ اس کا چہرہ مسکرا رہا تھا اور نہ جانے کیوں میرا دل رو رہا تھا۔ سب لوگ تحفے دے رہے تھے میں بھی آگے بڑھا۔

"سالگرہ مبارک ہو۔" میری آواز جیسے صحراؤں میں گم ہو رہی تھی۔

"اوہ آپ ——" اس کا چہرہ کھل اٹھا۔

"میرا ناچیز تحفہ قبول کیجئے گا۔" میں نے پینٹنگ اس کے حوالے کی۔ وہ ہاتھ میں لیے الٹ پلٹ کرتی رہی

"ڈیڈی —— یہ کیا ہے ——؟" اس نے جیسے خلاؤں میں پکارا۔

"یہ پینٹنگ ہے بیٹی۔ اس میں ساقی بھی ہے جام بھی ہے مینا بھی ہے اور ایک رند بھی۔ اس کے نیچے لکھا ہے ——

تیری مخمور نظر کے یہ انوکھے انداز — جیسے کچھ خواب کسی رند کے برہم ہو جائیں
جیسے حافظ کو خیالات کو مل جائے شبیہ — جیسے خیام کے اشعار مجسم ہو جائیں

نہ جانے خاں صاحب کیوں اس شعر کی ادائیگی کے بعد آبدیدہ ہو گئے۔

میں پتھر کا بت بنا کھڑا رہا۔ مہمانوں کی تواضع کی جارہی تھی۔ وہ منی کا ہاتھ تھامے ہر مہمان کے قریب جاتی اور ان کی خاطر کرتی۔ خاں صاحب برآمدے میں کھڑے تھے۔ میں بوجھل قدموں سے چلتا ہوا ان کے قریب پہنچا۔

"انکل سحر کو ——" میں اتنا ہی کہہ سکا۔

"ہاں نام اس کا سحر ہے مگر اُجالے اس کے نصیب میں نہیں۔ ایک حادثے نے اس کی بینائی ۔" اس کے آگے وہ کچھ کہہ سکے۔ ان کی آواز رقت سے بھرپور ہو گئی۔ تبھی دروازے پر کسی چیز کے ٹکرانے کی آواز آئی۔ وہ فوراً پلٹے۔

میں نے کتنی بار کہا کہ مُنّی کو خود سے الگ مت کرو۔ دیکھو چوٹ لگ گئی نا ۔" خاں صاحب سحر کو تھامے کہہ رہے تھے اس کی پیشانی پر چھوٹا سا زخم اُبھر آیا تھا۔

ڈیڈی۔ یہ چوٹیں میرے لیے کوئی نئی نہیں۔ چوٹ کھا کر ہی تو سنبھلی ہوں میں ۔"

وہ خاں صاحب کے سہارے آگے بڑھتی کہہ رہی تھی۔ "ڈیڈی۔ آج آپ کو کیا ہو گیا۔ میری سالگرہ کا تحفہ دینا ہی بھول گئے آپ ——!"

خاں صاحب نے ایک سرد آہ بھری۔ ایک اداس نگاہ سحر پر ڈالی اور کہا "میری عمر تجھے لگ جائے ۔" ایک محبت بھرا پیار انھوں نے اس کے ماتھے پر نقش کر دیا۔

"ڈیڈی یوں نہ کہیئے، سحر کو زندگی کی نہیں سہارے کی ضرورت ہے کب تک آپ مجھے ٹھوکریں کھاتا دیکھنا پسند کریں گے ۔" وہ ان کے گلے لگ کر بلک پڑی —— ماحول اداسیوں میں ڈوب گیا۔ میں پتہ نہیں اپنے کمرے میں کب چلا آیا۔ رات بھیگتی رہی اور میں خیالات کے بھنور میں پھنسا رہا۔ آدھی رات گذرنے پر میں نے محسوس کیا کہ دروازے پر کسی نے دستک دی ہے میں نے اُٹھ کر دروازہ کھولا۔ سحر میرے سامنے کھڑی تھی۔ سفید نائٹ گون میں وہ حور سے کم نہیں لگ رہی تھی۔ ایک تقدس آمیز چمک اس کے چہرے پر تھی۔ مُنّی اب بھی اس کے ہمراہ تھی۔

۔ سچائی کے اس آئینے کو دیکھ کر آپ گھبرا گئے نا! میں جانتی ہوں۔ اتنا کہنے آئی ہوں کہ دعوے حقیقت کی چٹان سے ٹکرا کر پاش پاش ہو جاتے ہیں ۔ روشنی زندگی کا پیغام ہے اور اندھیرے موت کا۔ بھلا کون ہے وہ جو موت کو زندگی پر ترجیح دے ۔ مجھے آپ سے شکایت نہیں۔ میں جانتی ہوں آپ کی ماں کو ایک خدمت گذار بہو کی ضرورت ہے آپ کو ایک اچھی بیوی کی۔ آپ کے خاندان کو ایک مال کی۔ میں ان خوابوں کی تعبیر نہیں بن سکتی۔ ہاں۔ ان میکدوں کی تعریف میں آپ نے کئی اشعار لکھ بھیجے۔ منی سناتی رہی اور میں کبھی جواب نہ دے سکی مجھے وقت کا انتظار تھا۔ لاؤ منی وہ سارے پرچے مجھے دے دو۔" اس نے منی سے میرے دل کے ٹکڑے مانگے ۔ اس نے انھیں میرے حوالے کرتے ہوئے کہا ۔

"جن میکدوں کو آپ زندگی سمجھتے تھے ۔ جن میں آپ کو روشنی ہی روشنی دکھائی دیتی تھی۔ آج انہی اشعار کے نیچے یہ بھی لکھدیں کہ ـــــــ کہ یہ میکدے ویران ہیں ۔،، وہ پھوٹ پڑی۔ میں عالم سکتہ میں کھڑا رہا۔ سناٹے میں اس کی سسکیاں گونجتی رہی ۔

"چند لمحوں بعد اس نے آنسو خشک کیے اور کہا۔" ہو سکے تو کل صبح مکان خالی کر دیں۔ کہیں ایسا نہ ہو کہ ڈیڈی آپ سے کوئی امید وابستہ کر بیٹھیں۔ باپ جو ٹھہرے، مجھے پتہ ہے شب کی سیاہی کو کوئی اپنا مقدر نہیں بناتا۔ خدارا میری التجا سن لو میں تمہارے آگے ہاتھ جوڑتی ہوں، مجھ پر رحم کرو۔ قبل اس کے کہ میں کوئی سنہرا خواب دیکھوں تم میرے افق کی سرحدوں سے پرے چلے جاؤ۔ میں تمہاری یاد کو زندگی کا سرمایہ سمجھ کر جی لوں گی ۔ مگر تمہاری زندگی کو اک کرب مسلسل نہیں بنا سکتی ـــــــ خدا حافظ ۔،، یہ کہتی ہوئی وہ تیز تیز نکل گئی۔ راستے میں کئی جگہ

وہ ٹکرا کر بجتی رہی اور مجھ سے یہ بھی نہ ہو سکا کہ میں اُسے سنبھال لوں۔ میری ڈبڈبائی ہوئی آنکھیں آبشار بن گئیں اور میرے ذہن کے دریچے کھلنے لگے۔ میں نے دیکھا اماں کا حسرت بھرا چہرہ، ابا کی خونخوار آواز، بڑے بھیا کی تیز نظریں، بھابھی اور بہنوں کے طنزیہ جملے، برادری کی لعن طعن ـــــ اور پھر وہ حقیقت جو سحر بن کر نمودار ہوئی اور شب بن کر میرے سارے وجود پر بکھر گئی۔ میں نے اپنا سامان یکجا کر لیا۔ اور موذن کی اذاں کے ساتھ ہی گھر چھوڑ کر نکل گیا۔ مکان پر الوداعی نظر ڈالتے ہوئے میری پلکوں کے گوشے بھیگ گئے۔ آنسو کے چند قطرے آنکھ سے ٹپکے اور مٹی میں جذب ہو گئے۔ یہ میری بے چارگی کے تھے۔ یا اس کی بے بسی پر۔ ہنسے یا پھر اپنی بزدلی پر ـــــ میں کچھ سمجھ نہ سکا اور تیز تیز قدموں سے آگے نکل گیا۔ میرے دل نے دھڑک دھڑک کر کہا۔ "تو وہ رند ہے جو میکدے میں رہ کر بھی پیاسا رہا۔" میں ویرانوں کی بستی سے نکل کر آبادی کی طرف چل پڑا تھا۔ پتہ نہیں یہ میری شکست تھی یا فتح ـــــ

پروانہ

قبرستان کی ٹوٹی ہوئی دیوار سے متصل زرینہ کا ایک کمرے والا مکان تھا جس میں وہ اپنی چھ بہنوں، دو بھائیوں اور والدین کے ہمراہ رہتی تھی۔ باپ رکشا چلاتا اور ماں گھروں میں کام کرتی۔ اس طرح اس خاندان کا گزارہ بڑی مشکل سے ہو پاتا۔ کئی وقت تو یوں بھی ہوا کہ بچے فاقے کر لیتے۔ زرینہ سب سے بڑی تھی بہ مشکل تیرہ سال کی ہوگی مگر بڑی ذہین، چست و چالاک اس کا میرے یہاں آنا زیادہ تھا۔ بلکہ یوں سمجھئے کہ میرے اکثر و بیشتر کام وہی کر لیتی۔ ٹی وی کی وہ بے حد شوقین تھی فلموں سے اسے بڑی دلچسپی تھی۔ اکثر دوکان سے کیسٹ لاتی اور ڈرتے ڈرتے میرے حوالے کرکے یوں گویا ہوتی۔

"بی بی جی۔ یہ آپ کے لیے لائی ہوں۔ آپ کا دل بہل جائے گا نا!"

اس کی آنکھوں میں تمناؤں کا سمندر ٹھاٹھیں مارتا دکھائی دیتا اور میں انکار نہ کر پاتی۔ کھانے پینے کی بھی وہ شوقین تھی خصوصاً مٹھائیوں کی۔ گھر میں کچھ نہ ہوتا تو وہ بڑے ناز سے میرے پاس چلی آتی۔

"بی بی جی ——— آج آپ نے میٹھا کھلایا ہی نہیں۔ بازار میں

سے لے آؤں ـــــ" میں اس کی اس ادا پر مسکراتی۔ پرس سے پیسے نکال کر دیتی تو وہ دوڑتی ہوئی سویٹ ہاؤز چلی جاتی۔

ان دنوں میرا بھائی سعودی سے آیا ہوا تھا۔ گھر میں بڑی رونق سی آگئی تھی۔ بچوں کے لیے ڈھیر سارے کپڑے کھلونے اور نہ جانے کیا کیا ـــــ!

زرینہ ان تمام چیزوں کو حسرت سے دیکھ رہی تھی۔ میں نے اسے ایک سوٹ دے دیا۔ وہ اسے پا کر پھولے نہ سمائی تیرہ سال کی عمر بھی کیا ہوتی ہے امنگوں کے دن تمناؤں کی راتیں، خوابوں کے گلبنو، خیالوں کی باتیں۔ جہانِ حیات کے سوز و درد سے دور، نہ نشاطِ غم، نہ سرورِ الم، وہ تھی اور اس کی معصوم حسرتیں جنھیں چن چن کر وہ اپنے ننھے دل میں بٹھا رہی تھی۔

اپنے ساتھ اگر کبھی شاپنگ پر لے جاتی تو اسے کچھ نہ کچھ ضرور دلا دیتی آرائشی چیزوں سے اسے پیار تھا۔ بڑے چاؤ سے وہ سنگھار کرتی کانوں میں نقلی بندے پہن کر موتیوں کی مالا گلے میں ڈالے رنگین چوڑیاں پہنے سب سے پہلے میرے ہی پاس آتی۔

"بی بی جی ـــــ میں کیسی لگ رہی ہوں ـــــ" وہ اٹھلا کر پوچھتی ـــــ

"بہت پیاری۔ بالکل اس گڑیا جیسی ـــــ" میں نے ٹی وی پر رکھے اس جاپانی گڑیا کی طرف اشارہ کر کے کہا۔

"اللہ بی بی ـــــ مجھے وہ گڑیا دے دیجیے نا ـــــ" اس نے کچھ اس قدر للچا کر کہا کہ مجھ سے ہنس کہنے کی ہمت

نہ پڑی میں نے گڑیا اس کے حوالے کر دی۔
اسے سنبھال کر رکھنا زرینہ۔ یہ بہت نازک ہے۔" میں نے تاکید کر دی۔
میں اسے اپنی جان سے بھی زیادہ سنبھال کر رکھوں گی۔ اور وہ اسے لے کر چلی گئی۔
پھر جانے کیا ہوا اچانک ہی اس نے آنا بند کر دیا۔ مجھے بے چینی سی ہونے لگی۔ میں نے اس کے گھر نوکر بھیجا معلوم ہوا دروازہ مقفل ہے۔
پھر پندرہ دن گزر گئے۔ جانے کیوں مجھے اس کی جدائی ستا رہی تھی۔ اچانک ایک شام وہ اپنی ماں کے ساتھ چلی آئی۔ چھم چھم کرتی۔
"کہاں چلی گئی تھی بے ایمان کہیں کی۔ ——— "میں نے جھوٹ موٹ کی ڈانٹ پلائی۔ وہ میرے پیروں سے لپٹ گئی کھسیانی سی ہنسی ہنس کر بولی۔
"میں بے ایمان نہیں ہوں بی بی جی ——— اماں سے پوچھو یہ مجھے خالا کے پاس لے کر چلی گئی تھیں۔"
"بی بی یہ مٹھائی لیجئے ——" اس کی ماں نے برقعے کے اندر سے ایک ڈبہ نکالا۔
"زرینہ کی بات پکی ہو گئی۔ اگلی جمعہ کو نکاح ہو گا۔ منگنی کا یہ پڑھاوا ہے۔ ———" اس نے زرینہ کے خوب صورت پیر میرے آگے کیے جن میں چاندی کی اجلی سی چین یوں لگ رہی تھی جیسے کسی نے اس کے

پیروں میں زنجیر ڈالی ہو۔

ایک لمحے کے لیے میں چونک اٹھی جیسے کسی بچھو نے ڈنک ماری ہو۔ حیرت زدہ آنکھوں سے زرینہ کو دیکھا تو ایک عجیب سی چمک اس کے چہرے پر لہرا گئی جیسے تیز بارش کے بعد دھوپ کھل کر نکھر جاتی ہے۔ میں نے بے دلی سے مٹھائی ہاتھ میں لے کر پوچھا۔

تو کیا ــــــ زرینہ کی شادی طے کر دی تم نے ــــــ!!

"ہاں بی بی ــــــ اچھا پیام آگیا ــــــ لین دین کا کوئی سوال ہی نہ تھا۔ بس بچی پسند آگئی انھیں۔ ہم پیلی کر کے بٹھا دیں گے وہ لال کر کے لے جائیں گے۔"

اس کی ماں نے بڑے پیار سے کہا اور نہ جانے کیوں میری آنکھوں کے آگے خون کی سرخی پھیل گئی۔

"بھلا یہ بھی کوئی عمر ہے شادی کی ــــــ" بہ مشکل تمام میں نے کہا۔

"ہماری شادی بھی تو اتنی ہی عمر میں ہوئی تھی۔ خیر سے دوسرے ہی سال تو زرینہ پیدا ہو گئی بڑے ہی فخریہ انداز میں اس نے مجھے بتایا۔

"لڑکا کون ہے ــــــ" میں نے پوچھا۔

"ہزاروں کا کاروبار ہے۔ ہر تیسرے مہینے حیدرآباد آجاتا ہے بس ــــــ" وہ کچھ رکی تھوڑا سا عمر کا فرق ہے۔" اس نے جملہ مکمل کیا۔

"کہاں رہتا ہے۔ ــــــ؟"

"دوبئی میں ــــــ"

"اچھا ـــــــ تو یہ کہو کسی عرب کے حوالے کر رہی ہو۔"
میں نے جملہ کسا۔
"بیٹی کو کسی نہ کسی کے حوالے تو کرنا ہی پڑتا ہے بی بی ـــ وہ تو خود اپنی خوشی سے اس کا ہاتھ مانگ رہا ہے کپڑے لتے کی کوئی کمی نہیں۔ کھانا پینا بھی ماشا اللہ بہت ہے۔ اور تو اور خرچے کے لیے ہمیں دس ہزار بھی تو دیے ہیں۔ ہم نے ایک رہن کا مکان بھی لے لیا۔ اب ہمارے دن پھر جائیں گے۔
اوہ ـــــــ" ایک لمبی سانس لے کر میں نے کہا۔" تو یوں کہو تم نے سودا کیا ہے۔"
"غریب کی مجبوری کو سودے کا نام نہ دو بی بی۔"
"یہ کیسی مجبوری ہے کہ تم ایک معصوم کلی کو پھول بننے سے روک رہی ہو۔ یہ تو اس کے کھیلنے کے دن ہیں۔ کیوں اس کی زندگی سے ایسا مذاق کر رہی ہو"۔ مجھ سے رہا نہ گیا۔
"شادی کو مذاق کہتی ہیں آپ ـــــــ اس کا باپ رکشا چلا چلا کر خون تھوکنے لگا ہے۔ گھر میں نو جانوں کی پرورش کیسے کر دں گی۔ کم سے کم زرینہ کے صدقے میں جی لیں گے سب ـــــــ"
اس کی ماں کی آنکھیں ڈبڈبا گئیں۔
"تم نے زرینہ سے پوچھا ـــــــ کیا وہ خوش ہے۔" میرے اس سوال پر زرینہ کے چہرے پر ناگواری کا تاثر پھیل گیا۔
"زرینہ ـــــــ میرے پاس آؤ ـــــــ اب بتاؤ تم خوش ہو ـــــــ" میں نے اس کا چہرہ اوپر اٹھایا۔

"خوشی کیا ہوتی ہے بی بی ـــــ اچھے کپڑے، اچھے زیور، اچھا کھانا اور تفریح کرنا ـــــ یہی سب نا ـــــ! اس نے میری آنکھوں میں جھانک کر پوچھا۔ میں اس کے سوال کا جواب بس اتنا ہی دے سکی۔

"خوشی کی دنیا ضرورتوں کی تکمیل سے آباد نہیں ہوتی ـــــ زرینہ ـــــ تو میرے پاس رہ جا میں بتاؤں گی تجھے خوشیاں کیسا ہیں ـــــ"

وہ سہم کر پیچھے ہٹ گئی جیسے میں نے اسے مقید کرنے کی کوشش کی ہو میری گرفت اس کی باہنوں پر ڈھیلی پڑ گئی۔

"میری گڑیا واپس دے دے زرینہ ـــــ میں نے اس کے احساس کو جھنجھوڑا۔ اس کی ملتجی نگاہوں میں نمی سی تیرنے لگی۔

"نہیں بی بی۔ میں اسے سنبھال کر رکھوں گی۔" اس نے گڑیا کو سینے سے لگا لیا۔ جو اس کے ہاتھ میں تھی۔

میں نے دیکھا اس کی آنکھیں خواب دیکھنے لگی ہیں مگر نہ جانے کیوں مجھے ان کی تعبیر بڑی بھیانک نظر آئی۔

"جاؤ ـــــ اسے رکھ لو۔" میں نے منھ پھیر لیا۔ وہ میرے پیر چھو کر نکل گئی۔ یکبارگی میرا دل چاہا دوڑ کر اسے اس کھائی سے کھینچ لاؤں اور اپنے سینے سے لگا لوں۔ مگر میں کچھ نہ کر سکی۔ وہ چھم چھم کرتی نکل گئی اور میں صرف اسے دیکھتی رہ گئی۔

زرینہ کا خیال میرے حواس پر چھایا رہا۔ میری گڑیا مجھے یاد آنے لگی۔ جسے بڑے پیار سے میں نے سجا کر سنوار کر رکھا تھا۔ لاکھ مصروفیت

کے باوجود زرینہ میرے خیال میں چپکے سے چلی آتی ۔ اور کانٹے کی طرح کھٹکنے لگتی ۔ بارہا میں نے اس کے گھر نوکر بھجوایا مگر ہر بار دروازہ مقفل رہا اور پھر پتہ چلا کہ وہ لوگ کسی اور جگہ منتقل ہو گئے ہیں ۔ زرینہ سے ملنے کی رہی سہی آس بھی ٹوٹ گئی ۔

پھر ایک ماہ کا طویل عرصہ گزر گیا ۔ ایک شام میں اپنے کمرے کی بالکنی میں ٹھہری ہوئی تھی دفعتاً میرے گھر پر ایک جیپ آکر رکی ۔ پولیس کے چند جوان اترے اور ملازم سے میرے بارے میں استفار کیا میں کچھ ٹھٹھک گئی ۔ اشارے سے انہیں اوپر بلوایا ۔

" میڈم ـــــــ کیا آپ کسی زرینہ نامی لڑکی کو جانتی ہیں ۔ انسپکٹر نے مجھ سے سوال کیا ۔

" زرینہ ـــــــ کیا ہوا اسے ۔ کہاں ہے وہ ۔ پچھلے ایک ماہ سے مجھے اس کی کوئی خبر نہیں ملی ۔ کیسی ہے وہ ـــــــ " میں نے سوالات کی یورش کر دی ۔"

" ہم اسی کے بارے میں آپ کو بتانے آئے ہیں ۔ وہ اس وقت رسکیو ہوم میں ہے ۔ "

" رسکیو ہوم ـــــــ لیکن کیوں ـــــــ ؟

" ایرپورٹ پر اسے ایک شخص کے ساتھ گرفتار کیا گیا اور رسکیو ہوم بھیج دیا گیا وہ اس شخص کے ساتھ جانے سے انکار کر رہی تھی ۔ اس شخص سے پوچھتا چھو جاری ہے لڑکی اپنے ماں باپ سے ملنے تیار نہیں اس نے آپ کا پتہ دیا ہے ـــــــ وہ صرف آپ ہی سے ملنا چاہتی ہے ۔ "

" میں چلوں گی ضرور چلوں گی ـــــــ "

اور پھر میری کار ریسکیو ہوم کی طرف گھوم گئی۔ گھر سے ریسکیو ہوم کار استے میں نے صرف یہ سوچتے ہوئے طے کیا کہ لڑکیاں آخر پیدا کیوں ہوتی ہیں ——؟ کہیں غربت کی وجہ بیچ دی جاتی ہیں کہیں جہیز کی وجہ جلا دی جاتی ہیں۔ کہیں دولت کے لیے نیلام چڑھائی جاتی ہیں۔ کہیں اندھے رسم و رواج کے ہاتھوں مسلی جاتی ہیں —— ایک ہی بات رہ رہ کر ذہن کے اُفق پر اُبھرتی رہی حوا کی بیٹیاں کب تک مدد مانگتی رہیں گی —— ؟ میری آنکھوں تلے اندھیرا پھیلنے لگا۔ ——

جب کار ایک جھٹکے سے رکی تو میں ریسکیو ہوم میں تھی۔ ایک وسیع و عریض ہال میں مختلف عمر کی لڑکیاں اور عورتیں موجود تھیں جن کے چہرے حالات کے ظالم پنجوں سے نُچے ہوئے تھے۔ جن کی زخم آلود پیشانی سے خون وقت کے لمحوں کی طرح ٹپک رہا تھا۔ جو اپنی سانسوں کا بوجھ بھی اُٹھا نہیں پا رہی تھی۔ اس ہال سے گزر کر میں اندرونی حصے میں پہنچی۔ ایک خوبصورت لان تھا جس کے آخری گوشے میں زرینہ بیٹھی آسمان کو تک رہی تھی میں نے اسے آواز دی اس نے گھوم کر دیکھا یوں لگا جیسے یک وقت کئی سوالات میرے روبرو آ گئے ہوں۔ اس کے لب سلے ہوئے تھے۔ سانسیں سسک رہی تھیں۔ دفعتاً وہ اپنی جگہ سے اُٹھی اور مجھ سے لپٹ گئی۔ اس کے آنسو میرے آنچل میں ڈھلتے رہے جب دل کا بوجھ ہلکا ہوا تب اس نے سر اٹھا کر مجھے دیکھا۔

"بی بی جی۔ آپ نے کہا تھا نا کہ خوشی کی دنیا ضرورتوں کی تکمیل سے آباد نہیں ہوتی۔" اب بتایئے مجھے خوشی کیا ہوتی ہے کیسی ہوتی ہے۔ کہاں ملتی ہے —— ؟؟

میں اس کے سوال پر لرز کر رہ گئی ۔ یوں لگا یہ سوال وہ مجھ سے نہیں بلکہ سارے سماج سے کر رہی ہے ۔ ساری انسانیت سے کر رہی ہے ۔ جانے کتنی زرینائیں ہیں جو پنکھ مانگ رہی ہیں پرواز کے لیے ۔

نا آشنا

"کیا ہوا ـــــ؟ بیوی نے سوال کیا۔

"کچھ نہیں ـــــ؟" اُس نے وہی تھکا ہوا جواب دہرایا۔

"اس طرح کب تک چلتا رہے گا ـــــ؟" دوسرا سوال

"میں کیا کروں ـــــ آفس سے نکل کر ہی تو کام کرتا ہوں۔ اب دیکھو تو نو بجے گھر لوٹا ہوں۔ اس نے اپنی تھکن کا احساس دلایا۔

"تو پھر اس کا مطلب یہ ہے کہ ہمیں گرمیاں اس دوزخ میں ہی گزارنی پڑے گی۔" بیوی کا لہجہ تلخ ہو گیا۔

جواباً اس نے گھور کر دیکھا۔

"میرے لیے تو شاید ہر گھر دوزخ ہی رہے گا ـــــ" دبے دبے لفظ اس کی زبان سے نکلے۔

"کیا کہا ـــــ؟ بیوی کی آواز تیز ہو گئی۔

"یہی کہ گھر ضرور تلاش کروں گا۔" وہ چپکے سے وہاں سے کھسک گیا۔ عافیت اسی میں تھی کہ وہ بات کو طول نہ دے ـــــ

میز پر کھانا لگا ہوا تھا۔ وہ منھ ہاتھ دھو کر کھانے کے لیے بیٹھ گیا۔

"تم نے کھایا ـــــــ؟" اس نے پوچھا۔

"اتنے برسوں میں کبھی اکیلا چھوڑ کر کھایا میں نے" لہجے میں پیار تھا مگر ترش روئی کے ساتھ۔

"بچے سو گئے ـــــــ؟"

"ہاں ـــــــ سرکس دیکھنے کے لیے ضد کر رہے تھے میں نے Sunday کو لے جانے کا وعدہ کیا۔ ٹھیک کیا نا میں نے ـــــــ!"

بیوی نے سوالیہ نظروں سے اسے دیکھا۔

"تم بہت سمجھدار ہو ـــــــ" وہ مسکرا رہا تھا۔

"جی ہاں ـــــــ بڑی قدر کرتے ہیں نا آپ اسی لیے ـــ"

بڑے ناز سے اٹھلا کر چلے ہوئے لہجے میں بیوی نے جواب دیا۔

"ہوں ـــــــ" اس نے کچھ اور کہنا چاہا مگر بھرپور لقمہ دانتوں کے درمیان انگڑائی لے رہا تھا۔

"لو ـــــــ ایک لقمہ میرے ہاتھ سے لے لو۔ کیا یاد رکھو گی۔ ـــــــ" بڑے پیار سے اس نے اپنا ہاتھ بڑھایا۔

"چلیے ہٹیے ـــــــ" وہ شرما گئی۔ کھانا ختم ہوا۔ وہ ہاتھ منھ دھو کر کمرے میں چلا آیا۔

گڈو اور پپو نیند کی آغوش میں تھے۔ چہروں پر معصوم مسکراہٹ بکھری ہوئی تھی شاید پریاں کھیلنے آئی تھیں۔ اُسے بھی اپنے بچپن کے وہ دن یاد آ گئے ـــــــ وہ کاغذ کی کشتی وہ بارش کا پانی۔ ـــــــ۔۔۔۔

"لیٹ جائیے ـــــــ بہت تھک گئے ہوں گے نا! لائیے سر دبا دوں۔" بیوی کے لہجے میں شہد گھل گیا۔ وہ بچ بچ اس کا سر سہلانے لگی

"کتنی بھولی اور معصوم ہے یہ ـــــــ" اس نے سوچا ـــــــ"
سچ ہے شریک زندگی ہم خیال ہو تو دنیا جنت ارضی ہے ورنہ ـــــــ ورنہ جہنم سے بدتر۔

یہی سوچتے سوچتے اس کی نیند لگ گئی۔

معمول کی طرح صبح سویرے وہ اُٹھا۔ تیار ہو کر ناشتہ کئے بغیر اور بیوی سے کہے بغیر وہ باہر نکل گیا۔ اُسے مکان جو تلاش کرنا تھا۔ اُس نے سوچ لیا کہ وہ آج کسی صورت گھر تلاش کر ہی لے گا۔ پہلی تاریخ کو صرف چار دن ہی تو ہے۔ اڈوانس کی رقم کا بھی اس نے بندوبست کر لیا تھا۔

اس نے اسکوٹر اسٹارٹ کی ـــــــ اور دوسرے ہی پل وہ مین روڈ پر تھا۔ چوڑی چکلی سڑک جس کے دونوں کناروں پر اونچے اونچے کامپلکس کھڑے تھے ـــــــ ہر کامپلکس میں چالیس تا پچاس فلیٹس اور ہر فلیٹس میں لوگ ـــــــ بے شمار لوگ۔ گھر ـــــــ گھر ـــــــ گھر ـــــــ جو رشتوں کا سنگم ہے جس کے بغیر زندگی مکمل نہیں۔ جہاں دکھ اور سکھ بنا دلیتے ہیں۔ جہاں راز و نیاز کی باتیں ہوتی ہیں۔ جہاں شکوے شکایتیں بھی ہیں اور صلح و صفائی بھی جہاں لڑائی بھی ہے اور امن بھی۔ جہاں جھگڑا بھی ہے اور آشتی بھی۔ جہاں آزادی بھی ہے اور خود مختاری بھی۔

گھر کے بغیر انسان خود کو کتنا غیر محفوظ سمجھتا ہے۔ بیوی کے ساتھ گھر بستا ہے اور بچوں سے گھر آباد ہوتا ہے ـــــــ"

سامنے سے آتی ہوئی تیز رفتار بس کی زد سے بچتے ہوئے اس نے سوچا "مگر یہی گھر کسی ایک فرد کی موت سے برباد بھی ہو جاتا ہے" ـــــــ

کہنے کو خدا کی پھیلی ہوئی زمین ہے اور تا حد نظر بیکراں آسمان بھی۔

مگر کبھی کبھی گھر چاہئے ـــــ زندگی کی ساری مسرتیں سمٹ کر اس کے دامن میں آجاتی ہیں۔ ایک چھوٹی سی سلطنت جس کا حاکم مرد، جس کی وزیر اور سپہ سالار بیوی اور جس کی رعایا بچے ہیں۔

وہ خود کو فاتح سمجھ کر مسکرانے لگا۔ اب اس کی اسکوٹر گنجان آبادی والے علاقے میں آگئی جہاں حشرات الارض کی طرح بے شمار بچے ایک ایک جھونپڑی نما کالونی سے نکل رہے تھے۔ وہ گھبرا کر پلٹا ـــــ

اب اس کی اسکوٹر کالونی والے علاقے کی طرف مڑ گئی۔ اس نے to let کا بورڈ تلاش کرنا شروع کیا۔ اس تلاش میں اس کی نظر ایک بڑے سائین بورڈ پر پڑی جس پر لکھا تھا۔ "پالو لر ڈیری فارم" ـــــ اس نے پھاٹک کے سامنے اسکوٹر روک دی۔ ایک بڑا سا شیڈ جس کے نیچے ایک درجن سے زائد بھینس بندھی ہوئی تھی۔ کچھ دیر وہ دیکھتا رہا پھر یہ سوچ کر اسکوٹر پر بیٹھ گیا ـــــ ان چوپایوں کو بھی مکان چاہیے۔ بے در و دیوار سا.....

اس کی اسکوٹر اب پھر سڑک پر آگئی۔ دفعتاً اسے بریک لگانا پڑا۔ ایک بڑا سا پتھر کسی نے سڑک کے بیچوں بیچ رکھ دیا تھا۔ اس نے راستے سے پتھر ہٹایا۔ ادھر ادھر نظر دوڑائی۔ ٹرکس، کاریں، بسیں، اسکوٹرس، پیدل راہرو کبھی راستہ چل رہے تھے۔ کبھی راہرو تھے۔ سالار کارواں کو نظر نہ آیا مگر قافلہ چل رہا تھا ـــــ وہ تھکن محسوس کرنے لگا۔ سامنے ہی ایک بڑا نیم کا درخت اسے نظر آیا وہ اسکوٹر لے کر وہاں پہنچا۔ گاڑی اسٹانڈ کی سگریٹ جلایا اور خلاؤں میں دیکھنے لگا ـــــ وہاں اسے پوری گنگا رن اور کبھی راکیش شرما کے ہیولے دکھائی دیئے۔ انسانی سفر خشکی

اور تری پر ہی نہیں خلاؤں میں بھی جاری ہے ـــــ وہ زمانے کی تیز گامی پر محو حیرت ہو رہا تھا کہ اس کے سر پر کوئی چیز ٹپ سے گری۔ اس نے جھنجھلا کر سر پر ہاتھ پھیرا۔ پکی ہوئی نمبولی نے اس کے سر کو اپنا مسکن بنایا۔ وہ اسے ہاتھ میں لے کر سوچنے لگا کہ واقعی انتہا تک پہنچنے کے بعد ہر چیز کا اختتام ہی ہوتا ہے پکا ہوا پھل ٹوٹ کر آپ ہی گر جاتا ہے۔ اونچے اونچے درخت کی جڑیں کھوکھلی ہو جائیں تو وہ زمین بوس ہو جاتا ہے۔ عمر کی منزلیں طے کرتا ہوا انسان دہائیوں کی آخری منزلوں تک پہنچ کر آرام سے آنکھیں بند کر لیتا ہے...

اور پھر غیر شعوری طور پر اس کی نگاہ اوپر اٹھی۔ ایک خوب صورت تنکوں کا آشیانہ تھا۔ جہاں چڑیا کے ننھے ننھے بچے چوں چوں کر رہے تھے وہ بڑے غور سے اس کا جائزہ لینے لگا۔ چڑیا ہر تھوڑی دیر کے وقفے سے اڑ جاتی اور پھر واپس آ کر ان ننھے ننھے بچوں کی منہ میں دانہ ڈالتی ـــــ وہ سوچتا رہا۔ پرندوں کو بھی تحفظ چاہیے۔ چار تنکوں کا مکان بنا کر یہ خود کو کتنا محفوظ کر لیتے ہیں۔ شکاری پرندوں سے اپنے ننھوں کو بچانے کا انتظام بھی۔

انسان تو پھر انسان ہے ـــــ رشتوں کا تقدس و احترام شفقت و پیار رکھ رکھاؤ تو اس کے خمیر میں رچے بسے ہیں پھر وہ کیوں گھر کی تلاش نہ کرے ـــــ

اُسے یاد آیا ـــــ دنیا میں بھیجے گئے پہلے انسان کو بھی تو پناہ گاہ کی ضرورت رہی ہوگی۔ اُس نے پہاڑوں کی گھپاؤں میں اپنا آشیاں ضرور بنایا ہوگا۔ یا پھر درختوں کی گھنی چھاؤں ہی کو سائباں جانا ہو گا۔

وقت کے ساتھ ہر چیز بدلتی ہے۔ پرانی چیزوں کے بدلے نئی چیزیں
——غاروں سے نکل کر گھاس پھوس کے جھونپڑوں میں آگیا——
پھر مٹی کے گھر بنے —— اس کے بعد اینٹ اور گارے کے مکان۔
انقلابات کا دور چلتا رہا۔ ذہن کے دریچے کھلتے گئے۔ علم و دانش،
فہم و ادراک کے تازہ اور خوشگوار جھونکے اندر چلے آئے۔ پھر عمارتیں،
کامپلکس، کوٹھیاں اور نہ جانے کیا کیا بن گئے——
مگر پھر بھی آدم کی جستجو ختم نہ ہوئی —— پناہ گاہ کی تلاش
جاری رہی۔

تحفظ کا احساس اپنے ہی گھر میں ہو سکتا ہے۔ کسی غیر کے گھر
میں طمانیت نہیں ملتی چاہے اس کی دیواریں کتنی ہی بلند کیوں نہ ہوں۔
اپنا گھر چاہے کتنا ہی چھوٹا کیوں نہ ہو —— سکون دیتا ہے۔ حکمرانی
کا احساس دلاتا ہے رات کی دبیز چادر جب کائنات پر محیط ہو جاتی
ہے تو ہر ذی روح اپنے بسیرے کا رخ کرتا ہے اپنی پناہ گاہ کی طرف
چل پڑتا ہے

پناہ گاہ کے بھی کتنے نام ہے —— گھر۔ مکان،
جھونپڑی، فلیٹ، کوٹھی، آشیانہ، گھونسلہ، چھتّا، اصطبل، جانے اور
کیا کیا ——

پرندے گھونسلے کو آشیانہ بناتے ہیں۔ درندے غاروں
میں پناہ لیتے ہیں۔ پرندوں کے لیے سائباں یا شیڈ چاہیے۔ شہد
کی مکھیاں چھتا بنا کر اپنا اور اپنی غذا کا تحفظ کرتے ہیں۔ چوہے زمین
کے اندر دیواروں میں سوراخ کر کے اپنا ٹھکانا بناتے ہیں۔ کبوتر گنبدوں

میں پناہ لیتے ہیں۔ شاہین پہاڑوں کی اونچی چٹانوں پر بسیرا کرتا ہے۔ مچھلی کے لیے پانی کا گھر ہے۔ سانپ جیسے موذی جانور "بِل" کے نام سے گھر بناتے ہیں۔ دیمک لکڑی پر مٹی کا لیپ لگا کر اپنا مسکن بنالیتی ہے۔ یہاں تک کہ پیدا ہونے سے پہلے بچے کا گھر شکم مادر ہوتا ہے۔

اس کے ہاتھ کا سگریٹ کب کا جل چکا تھا راکھ زمین پر پڑی تھی۔ اس نے دوسرا سگریٹ جلایا ——— وہ فکر کی محفل آراستہ کر بیٹھا تھا۔ اس محفل کے چھت پر لٹکے فانوس کی جلترنگ اسے محظوظ کر رہی تھی۔ یکا یک اس کے پیر میں کسی تیز چیز نے ڈنک ماردی۔ وہ "اف" کہہ کر کھڑا ہوگیا۔ پتلون کو سرکایا تو وہاں سرخ رنگ کی چیونٹی اس سے دلار کر رہی تھی۔ اس کی نظر ایک سرخ لکیر کی طرف چلی گئی۔ جس کا سرا زمین میں ایک سوراخ سے مل رہا تھا۔ یہ چیونٹیوں کا علاقہ تھا۔

دفعتاً اسے یاد آیا انسانوں نے بھی تو اپنے لیے زمین دوز مکان بنالیے ہیں۔ cellars کے نام سے، تہہ خانے کے نام سے ——— خفیہ کاموں کی پناہ گاہیں۔ بم سازی کے کارخانے، تشدد کے گھر ——— یہاں تک کہ شیطان بھی اپنی جائے پناہ حاصل کرلی، مے خانے میں قمار خانوں میں ——— مجرموں کے لیے جیل خانے ہی مگر یہ بھی تو پناہ گاہ ہے ——— بے روح جسموں کے لیے بھی تو قبر نما گھر ہیں۔

غرض کہ دنیا میں کوئی شئے ایسی نہیں جسے ——— پناہ چاہئے۔ گھر چاہئے۔ یہاں تک کہ روح کا ٹھکانا انسانی جسم ہے۔ اور تو اور خدا نے بھی تو اپنا مسکن بنالیا انسان کے دل میں ——— اگر یہ جگہ اس نے حاصل نہ کی ہوتی تو یہ دنیا کیسی ہوتی ———

دہشت، بربریت، قتل خون، ظلم و جبر ——

مگر ان سب چیزوں کے ساتھ ساتھ انسانیت بھی تو موجود ہے اگر نہ ہوتی تو بم کا ایک دھماکہ دنیا کو مٹا سکتا تھا —— ابھی وہ زندہ ہے اور شاید قیامت تک بھی رہے گی۔۔۔

انسانیت کی سُریلی بانسری نے اس کے کانوں میں رس گھولنا شروع کیا اور وہ کسی سحر میں کھو گیا۔ تبھی اس کی اسکوٹر سے کبھی کوئی ٹکرایا۔

بےچارہ ایک درویش تھا —— بوسیدہ کپڑے مگر چہرے پر بلا کا نور، گھنی لمبی داڑھی، دراز سفید زلفیں، سر پر ریشمی کپڑا۔ گلے میں عقیق کی مالا، ہاتھ میں تسبیح اور لب پر اللہ کا ورد۔۔۔۔۔

"معاف کرنا بابا —— کہیں چوٹ تو نہیں آئی ——"

اس نے درویش کو اٹھایا۔

"بیٹا مارنے والے سے بچانے والا بڑا ہوتا ہے"۔ —— درویش نے آسمان کی طرف دیکھتے ہوئے کہا۔

"میں شرمندہ ہوں میری وجہ سے آپ کو چوٹ آئی ——"

اس نے درویش کی کہنی پر لگے خراش کو صاف کرتے ہوئے کہا۔

"بیٹا جسم کے زخم مرہم سے بھر جاتے ہیں مگر دل کے گھاؤ ہمیشہ ہرے رہتے ہیں"۔ درویش کی آنکھوں کی چمک کی وہ تاب نہ لا سکا

"ہاں بابا —— سچ کہتے ہیں آپ چلئے میں آپ کو گھر چھوڑ دوں"

—— اس نے سہارا دے کر درویش کو اسکوٹر کی پچھلی سیٹ پر بٹھانا چاہا۔

"گھر —— نورانی چہرے پر مسکراہٹ کے اجالے بکھر گئے

"یہ گھر کیا ہوتا ہے بیٹا۔ مسافر کو تو بس پناہ چاہئے ——

یہ دنیا تو عارضی سرائے ہے۔ یہاں گھر کا کیا اہتمام کریں ـــــ شاید تم اس بات سے نا آشنا ہو ـــــ گھر تو دراصل دوسرے کے دل میں بنانا چاہئے۔ اپنے عمل سے، اپنے کردار سے، اپنے اخلاق سے ـــــ"
اتنا کہہ کر درویش آگے بڑھ گیا۔

وہ احمقوں کی طرح سر ہلا کر کہنے لگا۔ "ہاں میں تو سچ مچ نا آشنا ہوں"
"اٹھئے ـــــ آٹھ بج گئے ـــــ" اُس کی بیوی نے اس کے چہرے سے چادر کھینچ ڈالی۔ گہری نیند سے وہ ہڑبڑا کر اٹھ بیٹھا۔ نہ درویش تھا نہ اسکوٹر ـــــ کچھ بھی تو نہیں تھا ـــــ ہاں یاد اگر رہ گیا تو بس ایک لفظ "نا آشنا" ـــــ

ڈاکٹر راج بہادر گوڑ

فن اور مواد میں ارتقا کی داستاں
فریدہ زین کی کہانیاں

فریدہ زین کی کل ۳۳ کہانیوں کے تین مجموعے چھپ چکے ہیں۔ ہر مجموعے میں ۱۱ کہانیاں ہیں۔ پہلا مجموعہ "سسکتی چاندنی" ۱۹۷۹ء میں چھپ تھا۔ دوسرا مجموعہ "دل سے دار تلک" ۱۹۸۲ میں شائع ہوا اور تیسرا مجموعہ "اے گردش دوراں" ۱۹۹۱ء میں منظر پر آیا

ان ساری کہانیوں کو پڑھنے کے بعد مجھے احساس ہوا کہ فریدہ زین کی زبان، فن اور کہانی کے مواد میں مسلسل ارتقا کی کیفیت واضح ہے۔ اور اپنی بساط کے مطابق اس مضمون میں اس پہلو پر روشنی ڈالنا چاہتا ہوں۔

کسی بھی فن پارے کی تہہ تک پہنچنے کے لیے ان عوامل کا جائزہ ضروری ہے۔ جو تخلیق فن کا جواز ہیں۔ ان میں بہت باتیں آجاتی ہیں۔ خود فنکار کی اپنی زندگی اس کے اتار چڑھاؤ۔ اس کا طرب و کرب اس سے فنکار کے ذہن کی ساخت ہوتی ہے اور ذہن کا مزاج بنتا ہے۔ پھر غم ذات کے ساتھ غم دوراں کا مشاہدہ بھی ہے اور فنکار نے اسے بھگتا بھی ہے۔ کبھی تو غم ذات غم دوراں کا حصہ ہی ہوتا ہے اور کبھی کچھ الگ بھی۔ غم دوراں اپنے سارے کرب کے ساتھ فنکار کے ذہن پر ارتسامات چھوڑتا ہے۔ یہاں سے تخلیق کی کشمکش شروع ہوتی ہے۔ فنکار نے اگر غم ذات۔

کے اظہار میں اپنی فنی تخلیق کا جواز بنایا تو یہ اظہار ایک معنی میں محدود ہو جائے گا۔ لیکن چوں کہ غمِ ذات اوروں کا بھی تجربہ ہے اس لیے سماج کے اس محزوں حصّے کا اپنا غم بھی ان تخلیقات میں منعکس ہوگا۔ اور یہی فنی تخلیق کی محدودی میں ہی سہی سماجی اپیل کی بنیاد بنے گا۔

لیکن ذاتی کرب نے چوں کہ فنکار کے ذہن کو نہ صرف غم شناس بنا دیا ہے بلکہ دوسروں کے غم سے اس قدر شدید تاثر حاصل کرنے کے قابل بنا دیا ہے کہ وہ دوسروں کے غم کو بھی اپنا غم سمجھتا اور اس کے کرب سے مضطرب ہو جاتا ہے۔ یہ ایک طرح "غمِ ذات" کی ارتقا رہے۔ اس ارتقا کی اگلی منزل یہ ہوگی کہ فنکار ان غم انگیز عوامل سے مقابلہ کا حوصلہ پیدا کرے اور زندگی کو سنوارنے کے لیے جدوجہد کرے۔ زندگی جینے کے لیے ہے اور جینے کے لیے ناسازگار حالات سے مقابلہ ضروری ہے۔ جہدِ حیات ہی حیات کا حیات افروز نام ہے۔ اب فنکار کے فن کا جواز جہدِ حیات ہے۔ پھر یہ جدوجہد بھی فن کار کی اپنی جدوجہد ہے اور انفرادی زندگی اب سماجی زندگی کا ایک حصہ بن چکی ہے۔ اس لیے زندگی کے آلام کے خلاف جدوجہد کے سماجی ابعاد زیادہ نمایاں ہو جاتے ہیں۔ یہی وہ سفر کا حصّہ ہے جہاں فنکار اور ادیب مشعلِ جہاد ہاتھ میں لیے سماج کے آگے آگے چلنے والی صفِ اول میں ہوتا ہے۔ اور اس کی فنی تخلیقات اب قطرہ میں دجلہ دیکھتا ہی نہیں دوسروں کو دکھانے اور پھر خود دجلے کے بہاؤ کے تعین کرنے کا وسیلہ بن جاتی ہیں۔

فریدہ زین کی زندگی نے بہت کرب دیکھا ہے۔ ابتدائی عمر ہی میں باپ کی رحلت دیکھی۔ ماں کی ہاتھوں کی چوڑیاں ٹوٹتی دیکھیں۔ زندگی میں خلا پیدا ہوتا ہوا محسوس ہوا۔

اس تاریکی میں جو امید کی کرن پھوٹی اور جس نے فریدہ کو حوصلہ دیا وہ

زین العابدین سعید ایڈوکیٹ (کھونگیر) سے ازدواجی رشتے میں منسلک ہوتا تھا۔ زین فریدہ کے لیے نہ صرف ایک اچھے شوہر تھے بلکہ ان کے توسن فن کو مہمیز بھی کی۔ ان کے اندر کا فن کار جو اس وقت انگڑائی لے کر بیدار ہو چکا تھا۔ جب وہ ساتویں جماعت کی طالب علم تھیں۔ اور جسے والد کی جدائی کے کرب نے کچھ سلا دیا تھا۔ اب زین کی مدد سے پھر جاگ اٹھا۔ اور فریدہ نہ صرف لکھنے لگیں بلکہ خاندانی روایات کی بندشوں کو توڑ کر چھپنے بھی لگیں۔

واضح رہے کہ روایتوں کی بندشوں کو توڑنے کا عنصر بھی اب ان کے مزاج میں داخل ہوگیا ہے۔ اوراس کے نمایاں اثرات ان کی کہانیوں میں ملتے بھی ہیں۔

یہ بالکل واضح ہے کہ فریدہ کی کہانیوں میں ایک مسلسل ارتقاء ملتا ہے۔ کہانی کے مواد میں زبان و بیان میں اور کرداروں کی تعمیر میں۔ لگتا ہے فریدہ نے عورت کو اچھی طرح سمجھ لیا ہے اور اس کی مصیبتوں کی بنیادی اور روایتی بنیادوں کو بھی محسوس کیا ہے۔ اس کا مشاہدہ تیز ہے اور وہ عورت کے ذاتی غم کو سماج کا فریضہ جانتی ہے اس نے دیکھا ہے، سمجھا ہے۔ اب اسے حالات کو بدلنے کی طرف بڑھنا ہے۔

حیدرآباد راج بہادر گوڑ۔

فریدہ زین اپنی کہانیوں میں محبت کے بنیادی جذبے کے حوالے سے زندگی کی عکاسی اور ترجمانی کی ہے جو زندگی کی تاریک راہوں میں مارے جاتے ہیں۔ انھوں نے عورتوں کی سماجی حیثیت اور ان کے مسائل کو بطور خاص اپنی کہانیوں کا موضوع بنایا ہے۔ —— فریدہ زین کو کہانی بیان کرنے کا سلیقہ آتا ہے، زبان پر ان کی گرفت مضبوط ہے۔ اظہار میں ایسی جاذبیت ہے کہ قاری انہیں کی زبان سے دیکھنے اور انہیں کے دل سے محسوس کرنے لگتا ہے۔ ان کے فن میں مسلسل نشوونما کی کیفیت ملتی ہے، اسی کے ساتھ اندازِ فکر اور طرزِ احساس میں بتدریج تبدیلی کا احساس بھی ہوتا ہے، یہ ایسا وصف ہے جو فنکار سے ہماری توقعات کو غیر مختتم بناتا ہے

(ڈاکٹر مغنی تبسّم)

فریدہ زین کی پہلی کتاب "سسکتی چاندنی" کی رسمِ اجرا کے موقع پر میں نے کہا تھا۔ فریدہ زین کا فنی سفر ابھی رومان کے دُھندلکوں میں جاری ہے، لیکن دوسری کتاب "دِل سے دَار تک" کے مطالعہ سے واضح ہوتا ہے کہ اب ان میں رومان کے دُھندلکوں سے نکلنے کا حوصلہ پیدا ہو گیا ہے، اور وہ حقائق کی تیز دھوپ میں سنگلاخ زمینوں کے سفر کو اپنا نقطۂ آغاز بنا چکی ہیں —— جہاں تک سماجی مسائل کا تعلق ہے فریدہ زین نے ایک حساس اور باشعور فنکار کی حیثیت سے اس دور کے عام انسان کے مسائل کو اپنا موضوعِ سخن بنایا ہے۔ بنیادی طور پر انھوں نے اپنی کہانیوں میں غریبوں، مزدوروں اور مفلوک الحال کرداروں کے واقعات کی صحیح عکاسی کی ہے۔ ان کی کہانیوں میں تسلسل، روانی، ترسیل فضا نیز دلکشی کے سارے رنگ پوری تابانی کے ساتھ جلوہ گر ہیں، اسلوب کی نرمی، دل گدازی، شگفتگی اور سادگی اس کو سحرِ حلال بنا دیتی ہے، جس کی حدیں نثری شاعری سے مل جاتی ہیں۔

(ڈاکٹر عنوان چشتی)